Y PUMP

Robyn

I ti. Rwyt wych.

Y PUMP

Robyn

IESTYN TYNE

gyda

LEO DRAYTON

Rhybudd cynnwys: Yn ogystal â themâu ac iaith gref a all beri gofid i rai, ceir cyfeiriadau at orbryder a dysfforia rhywedd yn y nofel hon.

Argraffiad cyntaf: 2021

Ffuglen yw'r nofel hon. Mae unrhyw debygrwydd i ddigwyddiadau, cymeriadau a lleoliadau go iawn yn gyd-ddigwyddiad llwyr.

Cynllun y clawr: Steffan Dafydd

Rhif Llyfr Rhyngwladol: 978 1 80099 064 7

Dymuna'r cyhoeddwyr gydnabod cymorth ariannol Cyngor Llyfrau Cymru

g Nghymru
iadwy gan
on SY24 5HE
om
m

Y PU𝍸P

| **Tim**
Elgan Rhys
gyda Tomos Jones

|| **Tami**
Mared Roberts
gyda Ceri-Anne Gatehouse

||| **Aniq**
Marged Elen Wiliam
gyda Mahum Umer

|||| **Robyn**
Iestyn Tyne
gyda Leo Drayton

𝍸 **Cat**
Megan Angharad Hunter
gyda Maisie Awen

Rheolwr a Golygydd Creadigol: Elgan Rhys
Mentor Creadigol: Manon Steffan Ros
Golygydd: Meinir Wyn Edwards
Marchnata: AM (Nannon Evans, Lea Glyn, Alun Llwyd, Llinos Williams)

Diolch o galon i Lenyddiaeth Cymru, National Theatre Wales, ac Urdd Gobaith Cymru am eu cefnogaeth.

amam.cymru/ypump

@ypump_

DIOLCHIADAU

Mae fy ngwerthfawrogiad a'm diolch yn fawr i Elgan Rhys am y weledigaeth wreiddiol a'r gwahoddiad i fod yn rhan o gyfres Y Pump; i'r awduron a'r cyd-awduron eraill am eu dawn, eu cwmni a'u cyfeillgarwch; ac i Meinir a thîm y Lolfa am eu gwaith a'u gofal. Aiff y diolch pennaf i Leo Drayton; byddai gwneud cyfiawnder â stori a llais Robyn wedi bod yn amhosib heb ei fewnbwn a'i brofiad.

IESTYN TYNE

CREU Y PUMP

LEO DRAYTON

O'r cychwyn, roedd yn amlwg y byddai'r prosiect yma yn un arbennig ac mae'n anrhydedd i fod yn gysylltiedig â'r nofel anhygoel yma. Mae stori'r Pump yn un y gall nifer fawr o bobl ifanc uniaethu hefo hi; stori am gyfeillgarwch, am bosibiliadau a phrofiadau newydd. I Robyn mae posibilrwydd yn gyfystyr ag ansicrwydd wrth archwilio'i hunaniaeth, ond mae'r cyfan yn dod yn glir yn y diwedd.

Roedd y broses yn hynod o ddiddorol a dysgais lawer ar hyd y ffordd – o weld yr holl waith a'r camau sy'n mynd i greu llyfr, i wylio Iestyn Tyne yn datblygu'r stori a'r cymeriad ac yn addasu ac yn dilyn unrhyw newidiadau a daflwyd ato. Mae'n wallgof dychmygu bod cyfres o lyfrau sy'n plethu gyda'i gilydd mewn ffordd mor gymhleth wedi cael ei chreu dros e-byst a Zoom heb i'r awduron gwrdd wyneb yn wyneb, ond dyna beth ddigwyddodd yma. Mae'n dyst i dalent a gwaith caled pawb. Roedd hi'n bleser nid dim ond i gael y cyfle i ddarllen stori Robyn a'i gwylio'n datblygu dros y flwyddyn ddiwethaf, ond hefyd i gael fy llais i yn rhan ohoni. Roedd hi'n foddhaol i weld bod fy marn i o werth ac yn ddefnyddiol wrth ddilysu'r agweddau traws yn y nofel.

Yn bersonol, credaf fod Robyn fel cymeriad yn bwysig er mwyn dangos i unrhyw un a allai fod yn teimlo'r un peth, neu'n mynd trwy daith debyg, nad yw ar ei ben ei hunan. Mae hi hefyd yn fraint cael bod yn rhan o brosiect sy'n cyflwyno cymeriad newydd i bobl sydd, efallai, heb ddod ar draws person fel Robyn. Mae'r nofel yma yn croesawu persbectif newydd i'r gymuned lenyddol Gymraeg, a fydd yn rhoi mewnwelediad ar sut brofiad yw hi i gwestiynu eich rhywedd neu'ch hunaniaeth. Mae cynrychiolaeth yn hanfodol, yn enwedig ar gyfer cymunedau sy'n dal i wynebu rhagfarn heddiw. Ac rwy'n gobeithio y bydd darllenwyr yn mwynhau ac yn dysgu rhywbeth o'r nofel hon.

Yn olaf, diolch i fy nheulu am eu cefnogaeth ac i Nan am ei chariad a'i ffydd ynddo i.

PROLOG

MANON STEFFAN ROS

Yn y dref hon...

Yn y dref hon, lle mae'r craciau yn y pafin yn wythiennau dan ein traed. Lle mae'r gwylanod yn pigo'r lliwiau o chwd y noson gynt ar fore dydd Sul, a'r siwrwd poteli'n sgleinio'n dlws wrth reilings y parc. Lle mae'r môr yn las neu'n wyrdd neu'n arian neu'n llwyd, yn anadlu'n rhewllyd dros y strydoedd a'r tai.

Dwi'n nabod fan hyn. Dwi'n nabod y bobol, heb orfod gwybod eu henwau na thorri gair efo nhw. Dwi'n eu nabod nhw fel dwi'n nabod y graffiti ar y bus shelter, a chloc y dre sy'n deud ers pymtheg mlynedd ei bod hi'n ugain munud i naw. Mae'r bobol yn perthyn i'r dref gymaint â'r ffyrdd, yr adeiladau, yr hanes.

Mae 'na bump sy'n bodoli yn fama fel rhes o oleuadau stryd.

Weithiau, maen nhw ar eu pennau eu hunain, wedi'u lapio yn eu cotiau neu dan eu hwds yn erbyn y tywydd a'r trwbwl, a'u clustffonau bychain yn mygu synau'r byd. Ond weithiau, maen nhw'n ddau neu'n dri neu'n bedwar neu'n bump – a dyna pryd maen nhw ar eu gorau.

Sŵn olwynion cadair olwyn fel ochenaid o ryddhad ar y pafin, bron ar goll dan alaw chwerthin y ffrindiau. Cip swil rhwng dau, a llygaid yn mynegi mwy nag unrhyw gyffyrddiad. Holl liwiau'r galon mewn sgarffiau hirion, meddal.

Mae'r rhain yn wahanol, y Pump yma, ond yn wahanol i beth, mewn difri? Weithiau, does dim ond angen gwên i wneud i chi sefyll allan.

Fraich ym mraich, pen un ar ysgwydd un arall, gwên gyfrin, sgwrs-hanner-sibrwd, jôc fudr a chwerthin aflafar. Ffrindiau gorau. Mae'r dref yma wedi gweld cenedlaethau ohonyn nhw, clymau tyn o gyfeillion, yn rhy ifanc i wybod mai'r rhain ydy'r ffrindiau gorau gawn nhw byth. Yn rhy ifanc i wybod mai pwy ydyn nhw rŵan, yn ansicr ac yn amherffaith a heb gyfaddawdu ar ddim, ydy'r fersiynau gorau ohonyn nhw fydd yn bodoli.

Yn y dref hon...

Maen nhw'n herio ac yn harmoneiddio. Yn llawen ac yn lleddf. Yn ffraeo, yn ffrindiau, mor doredig â'r craciau yn y pafin ac mor berffaith â'r blodau bychain sy'n tyfu allan ohonyn nhw.

Mae'r dref hon, rŵan, yn perthyn iddyn nhw.

1

OK. SO. FEL tasa'r byd isio pwysleisio faint ma'n hêtio fi, jyst pan ma dwrnod fi'n mynd yn dda a ma 'na haul *a* dwi 'di anghofio faint o loser ydw i am funud, dwi literally newydd gerdded fewn ar brawd fi a'i ex yn y gwely. Yn gwely *fi*! Welcome to my life.

I suppose ma hyn yn golygu ambell beth, a dyma sut maen nhw'n dod i fi mewn trefn randym o fewn split millisecond-ish: bod Ffion ddim actually yn ex i Aiden ddim mwy, hey, sister-in-law!; bod brawd fi yn aaabsolute shit, a bod posters neis fi 'di gweld lot gormod. Sori, Gwenno. Sori, Queen B. Sori, hogia Candelas os naethoch chi weld rwbath rownd cornel y wardrob, mor, *mor* sori, bois. Ffyc sêcs, Aiden.

Dau ben yn popio i fyny dros y dwfe – dwfe *fi*!

OK OK OK. Retreat. Dim eye contact. *Plis* dim eye contact.

Neb i ddeud dim byd ac ella na'th o ddim even digwydd.

"O hei, Robyn."

FFYC SÊCS, FFION.

"Oeddan ni'm yn disgwl..."

Ia, dwi'n rili gobeithio doeddach chi ddim, dwi rili yn. Stopiwch siarad. Jyst stopiwch siarad. Especially chdi, Ffion, ac *especially* chdi, Aiden.

Ma Mam a Dad yn mynd i *un* barbeciw, a dyma be sy'n digwydd. Nice one. 'Dan nhw'm even yn *licio* Steve a Pamela a'u ffrindia stuck up. I swear 'dan nhw mond yn mynd achos ma'n haws na'r social repercussions o beidio.

A dyma fi, wedi digwydd gorffan sesiwn Cymraeg fi efo Miss Jones fatha hanner awr yn gynnar, yn cerddad i fewn ar...

Ma hyn i gyd yn digwydd mewn slow motion, ma raid bod o, achos pam dwi dal yma? Allan, Robyn. Get. Out. Scarred for *life*, Aiden.

Dwi bron â baglu ar gornel rŷg ac yn hitio mhen ar ffrâm y drws ond OK, dwi allan o'r stafall, this is good. Iei, dwi ar y landing, OK cŵl, grisia, ac i lawr... a ma Aiden yn gweiddi rwbath a dwi'n gweiddi ffyc off Aiden. Aaaaac...

anadlu.

Pam allith Aiden ddim jyst FFEINDIO JOB, SYMUD ALLAN a FUCK OFF OUT OF MY HAIR?

Oedd Aiden yn arfar mynd allan efo Ffion ages yn ôl,

pan oedd o oed fi – a ma hynna fatha pum mlynedd yn ôl 'ŵan a ma Aiden newydd orffan uni, lle o'dd o'n neud degree. Does 'na'm pwynt fi even deud be oedd o achos ma'n fwy likely neith o endio i fyny yn gweithio yn Greggs na gallu rhoi fo i iws eniwe. A dwi'n meddwl oedd o'n gweld ryw hogan o Birmingham o'r enw Katy (? Neu Kayley?) yn fan'na achos o'dd hi 'di ca'l ei tagio mewn lot o lunia Facebook ar nosweithia allan efo fo ar un adag, ond na'th o rioed ddeud dim byd wrthan ni amdani.

Naethon ni symud gwely fo allan o stafall ni pan na'th o ddim dod adra dros ha cynta fo yn uni, a ma stafall ni 'di bod yn stafall fi ers hynna. A rŵan mae o 'di dod yn ôl pan na'th shit hitio'r ffan a na'th o fethu ca'l lle ar y graduate scheme oedd o isio. Ma jyst yn cysgu ar camping mat ar llawr fi, a ma Mam 'di deud bod hynna'n OK, er bo' fi 'di protestio lot. Neu weithia pan ma'n mynd allan yn hwyr ma jyst yn crasho ar soffa neu even wrth bwrdd gegin. Neu *o dan* bwrdd gegin os ydy o'n rili pissed.

Ma tŷ ni *literally* seis makeup bag – classic two up two down ga'th ei daflu i fyny pan oeddan nhw'n symud pobl allan o slyms ac angen lle i fyw on the cheap, fatha esgus bo' nhw'n cêrio ond actually jyst symud nhw i slyms mwy posh. Ti'n methu denig yn y tŷ 'ma rhag dim byd na neb, heb bympio mewn i rwbath arall, a rhywun arall.

Ac ella mod i'n neud lot gormod o ffŷs am hyn; ella mod i jyst angen ca'l grip, ond pan ti fatha fi – bach yn weird a gwahanol – ti angen lle chdi, ti angen lle chdi jyst i fod yn chdi, dwyt? Angen lle ti'm yn rhannu efo neb arall sy fatha cragan fach lle ti'n gallu mynd a gadael y byd mawr hyll tu allan a jyst, jyst experimentio. Lle i fod y chdi wyt ti isio bod. Bedrwm fi ydy hwnna i fi. Neu bedrwm fi OEDD hynna i fi, cyn HYN i gyd.

Ella bod hookio i fyny efo Ffion eto jyst fel rebound rili boring a shit o bwy bynnag na'th splitio fyny efo fo neu cheatio arna fo neu be bynnag na'th hi yn uni. Neu ella na jyst fel sympathy thing o ochr Ffion ydy o, achos bod o adra ac yn dlawd ac yn unemployed. Neeeeu, dydy hi ddim drosto fo'n iawn. Mae o 'di bod off yn galifantio am dair blynedd a hitha 'di bod adra yn torri'i chalon a ddim yn mynd i nunlla, a rŵan the conquering hero returns, sweeps her off her feet yn barod i dorri'i chalon hi eto pan ma'n sylweddoli bo' nhw ddim actually yn compatible.

Dick.

Pan oedd Aiden yn mynd allan efo Ffion tro cynta oedd yr adag 'nesh i sylwi mod i ddim 'di ca'l fy programio yr un fath â fo. O'n i'n gweld be oedd ganddyn nhw ac o'n i jyst fatha meh… ac yn kind of gwbod rwla tu mewn i fi fysa attitude fi at hynny ddim yn newid. Ac even pan 'nesh i ddechra mynd allan efo Chloe Allen (gafael llaw amser cinio ac un snog traumatic lawr ochr y portakabins) pan o'n i ym Mlwyddyn 9, o'n i chydig bach yn relieved pan na'th ei rhieni hi symud i fod yn nes at nain a taid hi ac anfon hi i ysgol arall. Na'th hi grio pan 'nesh i ddeud bod long distance jyst ddim yn siwtio fi at this point in my life, ond ma hi'n mynd allan efo'r boi ffwtbol 'ma ers fel tri mis rŵan yn ôl Facebook, so she's moved on a dwi'n hapus drosti hi. Doedd 'na ddim rili lot o chemistry eniwe.

Ma Ffion yn gweiddi ar Aiden a ma Aiden yn gweiddi ar Ffion, eu lleisia'n muffled drwy'r ceiling. Ma rwbath yn hitio'r llawr yn galad a ma 'na sŵn traed, wedyn sŵn dillad yn ca'l eu gwisgo yn gyflym ac Aiden yn protestio. Ti'n methu neud dim byd yn y tŷ 'ma heb ga'l dy glywed.

Drws yn agor, drws yn slamio, traed ar y grisia a dyma Ffion yn dod i fewn i'r gegin i nôl ei bag a'i goriada. Ma hi'n sefyll yna yn flustered i gyd, yn symud ei dwylo a'i breichia heb ddeud dim byd. Dwi'n sterio ar y llawr a wedyn ar y ceiling, a wedyn ar y llawr eto. Ac yna,

"Hai, Robyn. Yli…"

A dwi'n teimlo bechod drosti chydig bach; dim bai hi ydy o bod Aiden yn idiot. Mond chydig bach though – dwi dal yn traumatised.

Ma hi'n deud bod hi'n sori a rwbath rwbath a bod

Aiden yn dwat a dyla fo wbod yn well. A bod hi'n gobeithio 'na i'm meddwl dim gwaeth ohoni ond bod hi'n dallt os dwi'n flin efo hi; gofyn os dwi'n OK a bod o'n neis gweld fi eto a sut ma ysgol ond dwi'm rili'n ateb.

"A, 'nesh i glywad am hyn... hyn i gyd," ac ma hi'n siarad am y siôl rŵan ac yn trio peidio neud petha'n fwy awkward nag ydyn nhw. "O'n i jyst isio deud pa mor cŵl dwi'n meddwl ydy o bo' chdi'n... bo' chdi'n neud *chdi*, t'mo?" Dwi'n nodio.

"Diolch, Ffion. Appreciatio fo."

Ma hi'n troi i adael, Converses hi'n gwichian ar y teils a'i gwallt coch hi'n bob man, a wedyn ma hi'n deud,

"A go easy ar brawd chdi, ia? Plis."

Dwi'n nodio, yn non-committal braidd, a ma hi'n gadael. Dwi'n clywed Polo bach hi'n tagu heibio ffrynt y tŷ ac yn stolio, tanio eto, cyn troi wrth y junction.

A dwi'n ca'l fy ngadael yma, yn teimlo'n fudur ac yn rhy fawr, rywsut, i'r tŷ bach 'ma. Fyny grisia ma Aiden yn stiwio mewn cawl o euogrwydd a self pity. Gobeithio bod o 'di agor ffenest. Mochyn.

Dwi'n gallu dychmygu ogla'r byrgyrs o ardd Steve a Pamela, yn gallu'u clywed nhw a'u ffrindia, a Mam a Dad yn eu canol nhw'n chwerthin – y chwerthin pissed weird 'na – a boteli'n malu mewn bins. Ffycin Steve a Pamela a'u new-build efo giatia mawr. Ma even *enwa* nhw'n swnio fatha caricatures.

Ma Mam yn gweithio mewn garej. Ma hi 'di bod yna'n hirach na'r rhan fwya o'r garej ei hun. Maen nhw o leia ella 'di newid bob un o'r petrol pumps ers iddi fod yna, a 'di re-concritio'r forecourt. Hi ydy'r person tu ôl til mewn garej mwya prowd o'i job yn y byd i gyd, a ma hi'n class. Dwi'n meddwl bo' pobl sy ddim rili angen petrol yn mynd i nôl petrol yna weithia jyst i ga'l chat efo hi.

Gobeithio fydd petrol pumps yn obsolete yn fel, wel, asap. Ond dwi'n siŵr geith Mam job yn be bynnag sy'n dod yn eu lle nhw; lle i rechargio electric car chdi neu roi dŵr yn hydrogen powered self driving podmobile chdi. Jyst gobeithio bydd pobl dal isio prynu Scotch egg a *Daily Mail* yr un pryd pan 'dan ni'n cyrradd y pwynt yna. Actually, stuff the *Daily Mail*, fel fysa Tami'n ddeud. Ond dim Scotch eggs, obvs.

Adag ora'r wythnos pan o'n i'n fach oedd y dyddia pan fydda Mam yn smyglo stwff past its sell by date adra i ni. Pan o'n i'n main chewing gum dealer Blwyddyn 7, back in the day, Mam oedd black-market trader fi.

A ma Dad yn gweithio yn y sbyty. 'Nesh i ga'l lot o stic pan na'th pobl ffeindio allan bod o ddim yn ddoctor neu'n nyrs yn brysur yn gwella canser neu be bynnag, ac actually jyst yn cleaner. Ond ma cleaners yn sbyty yr un mor bwysig â'r doctors a'r nyrsys a'r receptionists a'r ambulance drivers a pawb. Dwi'n casáu bod pobl yn sbio i lawr eu trwyna ar be mae o'n neud. Mae o'n ffycin hero, key worker, haeddu medal ac early retirement.

Mae o'n aml yn gweithio drwy'r nos a ma Mam yn gweithio drwy'r dydd, so ma'n neis iddyn nhw ga'l amser efo'i gilydd heddiw, even os 'dan nhw'n gorfod diodda Steve a Pamela. Maen nhw'n epic. Dim Steve a Pamela. Mam a dad fi.

Ma'r ddau yn dod o Wlad Pwyl, ac er naethon nhw symud yma yn ifanc iawn a chyfarfod yn fama, maen nhw probably'n saff yma, ond ti byth yn gwbod. Weithia dwi'n ca'l nightmares amdanan ni'n ca'l ein hel o'n tŷ bach ni ganol nos gan y cops, a mynd yn ôl i'w gwlad nhw, sydd ddim yn lle gwael apparently ond dal, fama ydy adra. Ond dwi'm yn poeni am hynna yn aml, ma jyst fatha... rwla yn y cefndir fatha pry bach ti'm even yn siŵr bod o yna.

Pan aethon ni ar wylia, yr un tro na'th Mam a Dad ga'l digon o bres at ei gilydd i allu fforddio mynd â ni i rwla poeth oedd pan naethon ni fynd i Madeira i'r resort 'ma am wythnos (dal efo'r fridge magnets to prove it), a dyna pryd na'th y thing siôls actually ddechra. Oedd hyn pan o'n i tua chwech neu saith, a pan oeddan ni yn yr airport o'n i'n stresio allan, stresio stresio stresio a gymaint, gymaint o bobl o gwmpas, a pawb heblaw fi'n gwbod yn iawn lle oeddan nhw'n mynd. A miles a miles o deils gwyn a suitcases a tannoys a pobl yn pwsho pwsho pwsho. Ac achos o'n i'n panicio oedd Mam a Dad yn stresio mwy ac oedd Aiden, fel y shit bach ydy o, yn neud petha'n waeth yn deud petha fatha methu aros i fynd ar y plên, lyfio fflio.

Ac o'n i'n stresio stresio stresio pan oeddan ni'n cerddad ar y plên ac erbyn cyrradd seti ni o'n i'n flat out sgrechian a cicio a stwff (dwi'm actually yn cofio hyn, ond oedd Aiden yn lyfio deud y stori am fatha blynyddoedd) achos bo' ni ar fin ca'l ein strapio i fewn i'r tiwb bach metal 'ma efo loads o bobl erill. Ac eniwe, dwm'bo os na last ditch attempt neu fatha gut instinct neu rwbath oedd o, ond na'th Mam dynnu'r poncho fflyffi glas gola 'ma efo sparkles oedd ganddi a'i roid o amdana fi. A mwya sydyn na'th bob dim jyst newid fel'na; o'dd y cocŵn lyfli a saff 'ma o nghwmpas i, yn gynnas ac yn hiwj a finna mor fach tu mewn, fatha tortoise bach yn hibernatio.

A dyna ma siôls fi dal i neud i fi. Dwi'm yn cofio dim byd o'r ffleit, a dim lot o'r gwylia chwaith tbh, ond dwi dal i wisgo'r siôl yna weithia er bo' genna i loads o rai erill. Ma hi 'di colli lot o sparkles erbyn rŵan ond ma dal i neud i fi deimlo'n rili bach a snyg.

𝍸

Ma 'na oria o haul ar ôl, a hwnnw'n haul mawr jiwsi fatha nectarîn. Fysa'n bechod wastio fo'n ista yn y tŷ infected 'ma. Ma Aiden yn y shower, yn trio golchi'r euogrwydd off ei gorff o, gobeithio. Ond ma'r shit yna'n sticio, so fydd o yna am sbel.

Dwi'n gadael y tŷ mewn sbectol haul a cimono Frida Kahlo gesh i off Etsy. Ma'n rili ysgafn a dwi'n teimlo fatha bo' fi efo supernatural powers ac yn channelio Frida pan dwi'n sgubo'n ffor' lawr y stryd ynddo fo. Os dydy hyn ddim yn deud ffyc off Aiden a Ffion, does 'na'm byd all neud hynny. Superpower fi heddiw fysa rwbath fatha… gallu troi pobl yn fach fach fel mod i'n gallu cadw Aiden mewn bocs sgidia am weddill ei oes. Bet bod 'na Power Ranger sy'n gallu neud hynna – rhaid i fi ofyn i Tim.

Ma 'na foi mewn fan ice cream a hen ddynas sy'n mynd â'i chi am dro, a tri plentyn sy'n chwara ar swings yn troi i sbio arna fi'n mynd heibio. Dwi 'di arfar troi penna. Yn y dechra oedd o'n freakio fi allan. Erbyn rŵan dwi actually'n eitha joio'u gweld nhw'n sterio, trio dychmygu be sy'n mynd drwy'u meddylia nhw, a be maen nhw'n meddwl ohona fi. Ti'n gallu deud efo rhai, t'mod, y rhai sy'n rili hêtio fo neu'r rhai sy'n rili meddwl bod o'n class, ond ma fatha eighty percent o bobl jyst yn llwyd. Rwla yn canol, probably ddim efo barn, neu efo barn ond yn cuddiad o.

Dwi'n floatio. Heibio'r fan ice cream a'r ddynas efo'r ci, a heibio'r tri plentyn yn y parc; ymlaen ymlaen ac i lawr i lawr drwy'r strydoedd lle ma'r tai yn tyfu'n rhai tri llawr a wedyn pedwar llawr; lle ma pobl efo back gardens a front lawns, ac yn ca'l rhywun i dorri gwair a llnau ffenestri unwaith y mis. Heibio pobl yn cerdded fesul un a fesul dau, fesul teulu a fesul criw, grwpia o Flwyddyn 7 mewn bus stops a bysgars a pobl ddigartra… drwy ganol dre efo'i tree lined high street a'r siopa cebábs a'r siopa vapes a'r siopa pobl gyfoethog a'r siopa pobl dlawd, a'r siopa cornel oriental food a'r siop barbwr Turkish efo'r shisha pipes, a'r lle figan… on ac on dwi'n mynd nes dwi'n gweld y bus shelter wrth droi'r gornel yn ymyl Greasy Dave's a dyma fi.

Dyma fi jyst yn cyrradd ymyl y môr glasach-na-glas; mwya sydyn ti'n dod allan o'r strydoedd a ma jyst yna, yn ymestyn o fama i fan'cw – lle bynnag ydy fan'cw. Yr ochr arall. New York, lle ma'r adeilada mor uchel â'r prom 'ma tasach chdi'n troi o ar ei din. A dwi'n meddwl am y tacsis melyn a merch I <3 NY, a subways a Pride a Times Square a Stonewall a bagels.

Pan dwi'n cyrradd y tywod dwi'n tynnu Doc Martens fi off ac yn suddo nhraed i fewn. Dwi'n sbio arnyn nhw a dwi'm yn licio nhw. Maen nhw'n fawr a ma bodia fi'n dechra mynd yn hairy. Dwi'n rhoi sgidia fi 'nôl a jyst gorwedd yna. A wedyn, achos bo' fi'n teimlo'n daring a does 'na'm byd all fynd fwy o'i le heddiw, dwi'n tynnu sigarét o'n jîns i a'i thanio hi fel bod pawb yn gallu gweld. A dwi'n teimlo'n gymaint o badass jyst yn ista ar y traeth yn ca'l smôc yn yr haul. Dwi'n gadael i fy hun fynd yn bell bell i ffwrdd jyst yn gorwedd ar y tywod poeth poeth yn syllu i fyny ar yr awyr las las. A dydy o'm bwys bod 'na exams, a dydy o'm bwys yn y foment yma mod i'n insecure ac yn ffansïo hogia ond bo' fi byth yn mynd i ga'l un.

Fama ma barddoniaeth yn dod i fi. Fatha, yn 'y mhen i. Ma hynna'n swnio'n reit wanclyd ond, I suppose dwi chydig bach yn hynna. Fysa rhai pobl definitely'n deud mod i. A cerddi fi ydyn nhw, dwi'm yn rhannu nhw. Ella 'na i ryw ddwrnod. Ella 'na i neud llyfr. Ella 'na i ddim a ma hynna'n ffain hefyd. Ma bob cerdd a bob dim sy'n dod i'm meddwl i yn mynd i ap Notes ffôn fi eniwe, so maen nhw yna, yn aros amdana fi, pryd bynnag dwi isio nhw.

Pan dwi 'di gorffan y smôc a ma'r nicotine 'di rhoi bach o fuzz rownd fi dwi'n ca'l ffôn fi allan, agor y camera a thynnu selfie. Actually dwi'n tynnu tua fifteen o selfies a wedyn yn dewis y gora. A dwi'n ei roi o ar Instagram efo'r filter 90s 'na lle ti'n ca'l y dyddiad bach oren yn y gornel, a sy'n neud i fi edrych fatha bo' fi yn Dreamland.

Liked by **catx** and **62 others**

_robxn frida / f'awen

'Nesh i ddeud mod i chydig bach yn wanclyd weithia a dydy Insta captions fi ddim yn exception.

Ma'r haul yn para am ages ac ages ac ages a pan dwi'n gadael ma'r tywod dal yn boeth a ma 'na bobl yn neud tân a chwara gitârs a byta chips, a dwi'n cymryd cragan fach wen yn llaw fi ac yn mynd â hi adra i adio at y casgliad ar y sìl ffenest.

Dwi'n stopio mewn garej ar y ffor' adra, ond dim yr un lle ma Mam yn gweithio, i brynu Polo mints.

Heddiw, heddiw 'nesh i literally gerdded fewn ar brawd fi a'i ex yn gwely fi, ond actually, ma'r dwrnod 'di bod yn fwy na hynna, a ma'n dal yn gallu bod yn fwy na hynna achos sbia beautiful, sbia beautiful ydy'r byd.

2

SGENNA FI DDIM lot o memories o gyms ysgol sydd ddim yn traumatic; a dydy heddiw ddim rili yn wahanol, jyst bod o ddim byd i neud efo rwbath fel pulldown ar ben gymnastics horse o flaen blwyddyn gyfan, hogia a genod. Dwi'n meddwl fyswn i'n ffeirio hynna am yr un yma. Actually, scrap that, fyswn i definitely ddim yn neud hynna.

Dwi'n gorfod tynnu siôl fi off i ddod fewn i'r exams, a ma hynna 'di bod yn rhoi fi on edge tbh. Fatha mod i'n noeth, fel yn y freuddwyd 'na dwi'n ca'l weithia lle dwi'n deffro yn ista ar y bŷs ar y ffordd i'r ysgol a rywsut dwi 'di llwyddo i adael y tŷ ac anghofio gwisgo nillad. A ma pawb yn chwerthin a pwyntio a dwi'n methu neud dim byd achos y breichia a'r coesa – dim breichia a coesa fi ydyn nhw. A dwi jyst yn ista yna nes i fi ddeffro go iawn.

Fyswn i'n licio bod ar y prom rŵan efo pawb, yn taflu chips at y gwylanod er bod 'na seins bob man yn deud wrthach chdi am beidio. A ella fysan ni'n ca'l smoothie o'r Shecws neu mynd i watsiad ffilm neu rwbath, a fysa rhywun yn ffraeo ella ond mond am rwbath bach stiwpid fysan ni i gyd yn chwerthin amdano fo'r munud wedyn, fatha Tim yn cam-ddallt mod i ddim actually yn meddwl bod gwylanod yn dwats, neu be bynnag.

A wedyn fyswn i'n mynd adra ac yn gwrando ar 'Enfys yn y Glaw' drwy'r nos a ca'l happy cry.

Dwi'n gweld penna'r lleill yn plygu dros eu papura arholiad. Gobeithio bo' nhw'n neud yn well na fi; dwi'n gwbod pa mor galad ma pawb 'di gweithio, hyd yn oed Tami omg-fi-heb-stydio Bryan.

Ma Mr Roberts yn stelcian rhwng y desgia, a'i lygid o'n bob man. Dwi'n troi'n ôl at y papur a ma'r geiria yn nofio o mlaen i.

Dwi ddim yn aros tan y diwedd. Os ti'n gorffan fwy na chwartar awr cyn y diwedd, ti'n ca'l gadael unrhyw bryd; ond os ti'n gorffan yn ystod y chwartar awr ola ti'n gorfod aros i bawb arall roi'u papura nhw fewn. No brainer.

Fi ydy'r cynta allan o'r pump ohonan ni, so dwi'n ista

ar y meincia yn y stafall newid i aros am y lleill. Ma'r lle'n drewi o athlete's foot a chwys, ond dwi'n falch o ga'l y siôl o'r bag.

> gender dysphoria – dysfforia rhywedd yn Gymraeg
> apparently – poen o fod yn y corff rong – trosiad?
> ... croen / gwisg.
> SIÔLS. Siân Owen – Salem. ?? Iconic.

Dwi wrthi'n sbio yn Notes, llygid i lawr, pan dwi'n ca'l y teimlad yn ara bach bo' 'na rywun wedi dod i sefyll reit uwch 'y mhen i. Dwi'n sylweddoli mod i 'di neud mistêc masif yn gadael yr exam ar ben fy hun wrth godi mhen a gweld Rhydian, Liam a Garin – combined weight 270kg, protein-shaked at eyeballs nhw – yn sterio arna fi. Ma Llŷr efo nhw hefyd, yn ryw fath o hofran a crinjo tu ôl iddyn nhw, fatha bod o ddim rili isio bod yna ond bod o'n sort of gorfod cadw wynab. Same old Llŷr.

Dwi'n cymryd bo' nhw ddim yma i ofyn i fi sut aeth yr exam. A cyn i fi allu deud bod o'n rili lyfli ca'l eu cwmni nhw –

"Be sgen ti fan'na?"

A ma'n ffôn i 'di mynd. Dwi'n gweld Garin yn dechra sbio drwy'r Notes ar y sgrin. Panic.

"Dyro fo'n ôl i fi, Garin. Paid â bod yn dick."

Dwi rili angen y ffôn yn ôl; dwi rili *rili* angen iddyn nhw beidio gweld unrhyw beth dwi 'di'i sgwennu yn y Note yna hefyd.

"Be ti'n sgwennu ar hwn 'ta? Poems?"

"Be w't ti, hogan?"

"Mae o'n gwisgo fel un, to be fair."

"Be *ydy'r* stwff 'ma?"

Ma Llŷr yn dal i hofran ac yn edrych yn rili embarassed a fatha bod o'n trio deud 'sori' efo'i lygid o heb sbio arna fi'n iawn, ond dydy o'm yn deud dim byd chwaith so dwi'm rili efo lot o fynadd efo hynna. No such thing as an innocent bystander, Llŷr. Dwi'n siŵr mod i'n cofio fo'n deud rwbath tebyg ei hun o'r blaen.

Ma triawd y buarth yn dal i sbio ar y Notes. Dwi'n ca'l cip ar y cloc. Dwi rioed 'di sylwi bod 'na gloc yma o'r blaen. Twenty past. Shit. Fydd pawb yn sownd yn y gampfa am ddeg munud arall, a ma hynna *heb* i Mr Roberts gadw pawb ar ôl am ryw reswm, which neith o, achos ma'n neud *bob* tro.

"Hei, sbïwch ar hwn, lads. Rhywun 'di bod yn neud ei waith cartra ar *gender… gender dysphoria*." A ma Garin yn sbio arna fi, efo llygid bach cyraints fo 'di sgrynsho i fyny a ma Garin yn gofyn,

"Be ffyc ydy gender dysphoria?"

"Be ydy o i chdi, Garin?" dwi'n gofyn. Jyst dos. Plis. Pam hyn, pam rŵan?

"Gender bender schmender," ma Liam, y comic genius, yn deud, ac yn giglo.

Dwi'm yn dallt. Make it stop.

"Dwi'n meddwl ma i neud efo fatha, os ti'n trans." Llŷr ydy hwn, be ffyc?

Ma Garin yn sbio ar Llŷr fatha bod o'n alien, a ma Llŷr yn edrych fel yr alien mwya awkward dwi rioed 'di gweld. A ma'n deud,

"Ia, fatha... pan ma rywun sy'n trans yn ca'l stres achos ma'n teimlo fatha bod o yn y corff rong." OK, ma 'di manglo'r definition lot ac ella na off Urban Dictionary ma 'di ga'l o ond dwi'n synnu fod o'n actually sort of gwbod be ma'n golygu. Ond wedyn ma'n adio, "Ffycin weird, ia."

Ia, ffycin weird. A ma'r llygid bach cyraints yn troi ata fi eto a ma Garin, ma Garin yn gofyn,

"Hang on, ti isio *bod* yn hogan?"

Ma Garin yn gofyn hynna a ma'r cwestiwn fatha bod o'n dod o nunlla ar wib ac yn stopio'n stond ac yn hongian yna rhyngddan ni, yn llawn o stwff dwi rili *rili* ddim isio dadbacio. A ma Llŷr yn sbio arna fi'n iawn am y tro cynta, wel, am y tro cynta rioed dwi'n meddwl, ei lygid o fatha llygid badger yng ngola car, fatha bod o'n ca'l existential crisis ond sgenna i'm amser iddo fo ga'l breakdown achos dwi'n ca'l un fy hun.

Mond am chydig bach ma amser yn slofi a wedyn ma'r cwestiwn yn hitio fi reit yn y gyts a cyn mod i'n gwbod be dwi'n neud dwi hanner ffordd at Garin a gwallt perffaith-disgysting fo, full of intentions i bynsho fo, trio neud damej i'w wynab o, motsh be neith y tri ohonyn nhw yn ôl i fi.

Ma genna fi'r momentwm i ddal i fynd am chydig. Dwi'n rhoi mhen i lawr ac yn gwthio Garin yn erbyn ochr y shower cubicle. Mae o'n winded am fatha dau eiliad. Ond wedyn ma Rhydian, y bastad, tu ôl i fi, yn chwerthin wrth iddo fo binio mraich i tu ôl i nghefn a twistio hi ar ongl amhosib o boenus nes bo' llygid fi'n nofio a sbots bach du yng nghanol vision fi.

Rywsut, dwi ar lawr heb sylwi bo' nhw wedi ngwthio fi.

"Neith hyn ddim brifo os ti'n hogan," a ma llaw massive Garin yn dod o nunlla, yn grabio lastig boxers fi ac yn llusgo nhw fyny nghefn i nes bo' bob dim fatha tasa fo'n hollti'n ddau a dwi'n methu stopio dagra rhag llosgi yn llygid fi.

Ma Llŷr fatha llygodan fach yn sbio nes bo' fi bron, bron bron bron yn teimlo'n sori drosto fo eto.

"Jesus, Llŷr, ti'n edrych yn ffycin terrified. Be ti'n meddwl ma'n mynd i neud, slapio chdi? Ffonio freaky friends fo i gyd i ddod i godi ofn arnan ni?"

"Na, dwi jyst..."

"Cicia fo."

Ma bysedd Rhydian yn tynhau ar braich fi a mae o'n llusgo fi rownd fatha bo' fi'n ista yn erbyn teils y wal yn y shower. Ma'r dŵr yn dripio ar fy mhen i.

"Jesus, bois." Ma Llŷr am shitio'i hun unrhyw funud, dwi'n meddwl mod i'n gallu sensio fo. Plis get it over with, dwi mewn poen fama. "Ffyc sêcs, bois, dach chi'm yn meddwl bod hyn bach yn harsh, ia?"

O leia ma'n trio. Sort of.

Ma Rhydian yn twistio ngarddwrn i nes ma llaw fi bron back to front a ma'r sbots yn dod o flaen llygid fi eto. A ma'n deud,

"Cicia fo."

A ma'n deud eto yn rili dawel,

"Cicia fo fan'na."

"CICIA FO YN BALLS FO."

A ma Llŷr fatha bod o'n trio ysgwyd ei hun allan o freuddwyd ond yn methu, a dwi'n gwbod bod o'n mynd i neud o, ac er bod ei lygid tywyll o'n deud dwi'm-isio-neud-hyn dydy o'n golygu ffyc ol i fi achos ma gynno fo fwy o ddewis yn hyn i gyd na sy genna fi.

A pan ma'n dod ma'n dod go iawn; full force blaen

trainer fo reit rhwng coesa fi; y boen yn sbredio fatha cwmwl fyny drwy gyts fi nes mod i'n cau i mewn arna fy hun, nes mod i'n methu gweld dim byd ond fireworks ar gefn eyelids fi, yn explodio drosodd a throsodd a throsodd. Dwi'n slipio i fewn ac allan o consciousness; yn gallu teimlo'r gic yn cropian i fyny spine fi, yn hamro nhu fewn i.

Ma Liam yn taflu'n ffôn i ar y teils ac yn troi'r shower on wrth fynd. Dwi'n chwydu gyts fi ar lawr. Eto ac eto ac eto.

卌

'Nesh i fedru golchi'r sic i lawr y shower cyn i neb weld. Oedd siôl fi'n ruined rhwng bob dim, yr un silky ysgafn efo embroidery aur lysh rownd yr ochra – charity shop find gora fi rioed. O'n i'n gutted.

A wedyn pan o'n i 'di stopio crio (a bod yn sic eto, ond lawr y pan tro 'ma) ac yn gallu sefyll i fyny eto, 'nesh i, Aniq, Tim a Tami neud be o'n i isio neud ers y dechra, sef mynd at y môr a nôl chips, a doedd neb yn teimlo'n shit am fethu noson o stydio achos oedd 'na wylia hanner tymor rhwng rŵan a'r exam nesa. A 'nesh i ga'l cadair olwyn Tami yn styc yn y tywod ar y traeth a na'th o gymryd tri ohonan ni i ga'l o'n ôl at y pafin. A naethon ni chwerthin lot a galw'r

BeiblLads yn pricks. Do'n i ddim yn mynd i ddeud y stori i gyd obvs, ond oedd pawb yn teimlo'n wael drosta fi eniwe, ac yn especially gwael am balls fi er mai dyna oedd actually yn boddro fi lleia.

Un peth 'nesh i ddim gallu golchi lawr y shower efo'r sic oedd be oedd Garin 'di deud, a rŵan mae o jyst yn ista yndda fi fatha blob mawr tywyll, yn tynnu i lawr rhwng 'y nghoesa fi. Ffyc, 'nesh i fflipio shit fi efo fo, o'n i am bynsho fo, o'n i fully am bynsho fo a dwi rioed 'di pynsho unrhyw un. Dwi'm even yn gwbod sut i bynsho rhywun. Oedd o fatha bod o 'di rhoi llaw tu fewn i mhen i a tynnu brain fi allan i ddangos weird thoughts fi i bawb, a o'n i'n methu delio efo hynna; oedd o fatha'r freuddwyd 'na lle dwi'n noeth eto, ond tro 'ma oedd coesa a breichia fi'n gallu symud.

A dwi 'di bod yn meddwl lot am Tim – sut oedd o ddim yn arfar dallt pobl yn deud celwydda, even os oeddan nhw'n gelwydda da. Ma Tim 'di dod i ddallt fwy be ydy celwydd gola ond dal…

Dwi'n wyndro os dwi'n byw celwydd bob dydd.

Oedd Tami yn livid pan na'th hi glywed am Llŷr. Oedd hi'n livid eniwe, ond dwi rioed 'di'i gweld hi mor flin so 'nesh i neud iddi addo fysa hi ddim yn deud dim byd wrtho fo, hyd yn oed os ydy o'n stepbrother iddi. Dydy o jyst ddim werth o.

"Jyst gwed di pryd, a 'na i beato'r shit mas o fe. Mae e ofon fi a besides, dwi mewn cadair olwyn felly fyse fe no wei yn bwrw fi'n ôl." OK, Tami. Dydy hi ddim yn dallt pam bo' fi'm isio neud ffŷs am y peth.

Oedd y lleill yn meddwl ella ddyla fi ddeud wrth rywun; fyswn i'n gallu mynd at Sian, y cwnselydd yn yr ysgol. Ma hi'n neis. Ond does 'na'm CCTV mewn showers, for obvious and legitimate reasons. A dwm'bo, ma 'na rwbath yndda fi sy ddim isio snitcho ar y bastads, be bynnag naethon nhw.

"Fair enough, Robs," medda Aniq, "dewis chdi ydy o, obviously. 'Nawn ni gefnogi chdi be bynnag ti'n dewis neud. United in hatred of BeiblLads – pawb yn cytuno?"

Pawb yn cytuno wholeheartedly. Diolch, Aniq.

Ond ia, y gwir ydy fod 'na rwbath arall yn mynnu aros fatha darn bach o sic ar ôl ar deils y shower cubicle hefyd.

Dwi'n methu ca'l wynab Llŷr allan o mhen i.

Methu stopio gweld yr holl gyfrinacha yn ei lygid tywyll o.

Nes mlaen, ar ôl fi fynd adra a golchi'r makeup streaky off wynab fi a ca'l bath hir a gwrando lot ar Alys Williams yn torri nghalon, a deud wrth Aiden ffyc off; a gwglo medical websites sy'n neud i fi deimlo'n waeth a trio llnau'r siôl; a cysidro ca'l bath hir arall; ar ôl hynna i gyd, ma'r weirdest thing yn digwydd.

Dwi'n ca'l Notification.

Gan Llŷr.

wtf.

A gyd ma'n ddeud ydy:

hei

A ma hynna'n chwalu brains fi, a dwi jyst yn ista yna'n sterio a sterio ar y tri dot bach fatha caterpillar yn wiglo i fyny ac i lawr i ddangos bod o'n teipio rwbath arall. Ma'n teipio am ffycin ages nes mod i'n fully prepario fy hun i ga'l paragraff hir ond i gyd dwi'n ga'l ydy:

sori am heddiw

Wedyn ma'r caterpillar yn ôl yn neud dawns eto, a dwi fel here we go, so dwi'n mynd i lawr grisia a neud bechdan tuna mayo i fi'n hun a gobeithio fydd o 'di manejio mwy na tri gair erbyn i fi fynd 'nôl. Ma Aiden yn y gegin a dwi'n deud wrtha fo ffyc off eto. Ma'n deud bod o'n mynd allan heno. Efo Ffion. A dwi'n deud, wel, paid â cofio fi ati.

Dwi'n gymaint o bitsh.

Fyny grisia ma Llŷr 'di ffeindio'i dafod, neu bodia fo rili 'de; be arall ma 'di ffeindio ydy fatha deg ffordd wahanol o ddeud bod o'n teimlo'n rili shit am be na'th ddigwydd a bod o'n gwbod bo' hynna ddim yn excuse ond mae o'n rili sori, a na'th o mentionio bod o'n rili sori?, ac eniwe dwi'n rili licio chdi a ti'n ffrind da i stepsister fi ac os fyswn i'n gallu, fyswn i'n newid be 'nesh i ond fedra i ddim ac omg dwi'n teimlo mor sori a shit a sori.

A dwi'm yn siŵr os ydy Llŷr wir yn teimlo'n sori am be na'th o 'ta jyst yn sori drosto fo ei hun ar y pwynt yma, a dwi'n cysidro deud wrtha fo ffyc off ond wedyn dwi'n cofio'r llygid, y ffycin llygid sy'n dod 'nôl jyst pan dwi rili ddim isio nhw.

A dwi'n aros drwy'r nos cyn ateb. Heb gysgu dim.

Ond pan ma'r bora'n dod a ma'r stafall yn llawn gola, a dwi mewn llai o boen a ma genna i wythnos o mlaen i neud fel licia i, a chydig bach o stydio, ella... pan ma'r bora'n dod a sgenna i nunlla i fod a dim byd i neud, a ma pawb yn y tŷ heblaw fi'n dal i gysgu, dwi'n ateb Llŷr.

A dwi actually'n ffeindio'n hun isio gwbod os ydy o'n OK, yn cofio'r adag weird o'r blaen pan oeddan ni'n tecstio eitha tipyn; isio gwbod os na'th o grio neithiwr neu aros yn effro yn sbio ar streetlamp yn fflicro drwy'r ffenest fel 'nesh i.

> Methu dallt be ffyc ddigwyddodd ddoe ond diolch am texts chdi. Sore ond na i fyw. Tin ok?

Rhyw fora i anghofio ddoe ydy o, rywsut.

3

SESH TRAETH. DAU air sy'n terrifyio fi ac yn thrillio fi yr un pryd.

Ma wythnos hanner tymor yn tynnu i ben, un o'r wythnosa 'na sy 'di mynd i rwla a finna ddim llawar callach be fues i'n neud yr holl amser. Dwi 'di manejio i stydio rywfaint, ond tbh dwi 'di treulio mwy o amser yn watsiad fideos pointless ma algorithm Instagram yn chwydu allan i fi fatha fitness accounts dwi byth yn mynd i ddilyn a, randomly, loads o accounts garddio wtf. Ma raid bod o ddim yn algorithm da iawn. Dwi 'di llwyddo i weld chydig bach ar y Pump – er ddim gymaint â fyswn i 'di licio. Heb siarad efo Aiden, mond i ddeud wrtha fo ffyc off.

Ond eniwe ma 'na Snapchat 'di mynd rownd pawb yn blwyddyn ni – even y losers, dyna sut 'dan ni'n pump yn included – yn deud bo' 'na sesh traeth yn digwydd nos Wener sef, erbyn hyn, heno. A dwi isio mynd. Isio mynd a dangos i ffycin Garin a Rhydian a Liam. Dangos iddyn nhw mod i'n OK, dal yn fyw ac yn joio. Isio meddwi ar Apple Sourz a watsiad pobl yn neud absolute tits o'u hunain.

Dwi'n gwbod bod Llŷr yn mynd i fod yna hefyd.

'Dan ni 'di bod yn Snapchatio a tecstio drwy'r wythnos ond dwi heb ddeud wrth neb a dydy o heb chwaith. A dwi'n dechra meddwl bod o actually yn foi OK eto. Mae o. Dwi'n gallu gweld drwy'r lads lads lads a mae o jyst yn berson bach eitha diniwed sy ddim yn siŵr o lot o ddim byd, jyst fatha fi. Dwi'n teimlo weirdly fatha bo' fi isio sort of… sort of edrych ar ei ôl o, am wn i.

A dydy o'm fel bod y stwff 'ma efo Llŷr yn newydd newydd chwaith achos fatha, hanner blwyddyn yn ôl oeddan ni'n tecstio lot a dwi'n meddwl na'th Tim sysio allan bod 'na rwbath yn mynd ymlaen adag yna; dwi'm yn meddwl na'th neb arall though.

Ond, dwi'm yn gwbod os neith Llŷr siarad efo fi o flaen pobl erill? Ac os ydy Tami'n dod, allith o ddim eniwe. No we allith Tami ffeindio allan mod i 'di bod yn siarad efo stepbrother hi fatha tasa dim byd 'di digwydd a hitha 'di deud byddai'n hanner lladd y boi am gicio fi'n y balls. Fysa fo fatha ultimate betrayal. Maen nhw'n byw yn yr un tŷ, dwi yn yr un criw ffrindia, fysa fo jyst yn messy messy messy, yn bysa?

☹ Y Pump ☺

BRYAN_TAMI
sain mynd. sain gallu ta beth. chi di gweld shwt mar contraption man delio da tywod? x

ANIQMSD
methu, sori Robs x

CAT'X
Yyy methu wynebu slayers wsos yma. Sori xx

Dydy petha ddim yn edrych yn rhy addawol, dim mod i'n eu beio nhw. Fatha, pam fysan nhw isio mynd i ganol holl knobs blwyddyn ni i gyd pan maen nhw'n ddigon drwg yn sobor heb sôn am 'di meddwi. Dwi'n saff o ga'l fy grilio dydd Sadwrn am sut siâp oedd ar bawb, pwy oedd yn sic, pwy na'th fachu... Ma Tami'n lyfio'r stwff yna. I swear ma hi efo database o info ar bawb yn blwyddyn ni 'di storio yn ei phen, a fysa hi'n gallu blacmelio unrhyw un ohonan ni fory nesa.

TIMMORG
Wna i ddod gyda ti Robyn os ti moyn ☺

A ma nghalon i'n llenwi drosto fo a dwi'n meddwl pa mor cŵl ydy hyn, fod Tim – Tim! – 'di penderfynu ffyc it dwi'n mynd am sesh efo Robyn. Er, probably dim dyna sut na'th yr holl beth chwara allan ym mhen Tim ei hun ond dal, ma hyn yn class. Ma Tim yn class. Wrth gwrs bo' fi *moyn*!

"Pam wyt ti'n mynd pan ma Garin a Rhydian a Liam a Llŷr yn mynd i fod 'na?" ma Tim yn gofyn, direct as ever, pan 'dan ni'n ista yn stafall fi nes mlaen. Dwi 'di confinsio Tim bod chydig bach o masgara rioed 'di lladd na brifo neb ('nesh i ganu hynna jyst rŵan – niche reference at gân na'th boi Candelas sgwennu am nain fo, u're welcome) so ma 'di gadael fi drio fo allan arno fo.

"Dwi'n mynd i ga'l good time, Tim – Garin, Liam, Rhydian a Llŷr neu beidio."

"Dwi'n edrych mlân ond dwi'n ofni hefyd, Robyn. Bydd lot o bobl 'na. A bydd lot o bobl feddw. A sai'n lico gormod o bobl feddw."

"Ti efo earplugs chdi?"

"Ma 'da fi'r earplugs, oes."

"A ma 'da ti fi!"

"Oes, er ma well 'da fi ti pan ti'n siarad yn llais dy hunan."

A dwi'n chwerthin ac yn deud wrtha fo, "Yli, sticia efo fi, a cofia, os ti'n teimlo bo' chdi isio mynd adra ar unrhyw adag paid aros efo fi achos bo' chdi'n teimlo bo' chdi'n goro, OK? A bydd yn *llonydd*!"

Dwi'n gorffan eyelashes Tim ac yn codi'r drych bach.

"Voilà!"

"Ife French yw hwnna? Dwi'n lico llyged fi fel'na,

diolch. Pam nag yw bechgyn yn ca'l gwisgo masgara? Bechgyn straight hefyd. Dylen ni ddechre campaign."

Ma'i lygid o *yn* edrych yn dda, 'fyd.

"Ddylan ni *definitely* ddechra campaign."

Dwi'n meddwl bod Tim yn joio. O'n i chydig bach yn nyrfys achos ma sesh traeth yn hollol wahanol ball game i lot o seshys. Sesh traeth ydy'r teip mwya lawless o sesh. Dwi'n meddwl bod o achos bod neb actually bia'r traeth. Peth mwya shit am sesh traeth ydy'r mess ma pobl yn gadael ar ôl.

Actually ma 'na deip mwy nyts o sesh sef sesh Hell-land. Apparently ma seshys Hell-land yn free for all llwyr ond dwi rioed 'di bod i un, eto. Hefyd, sesh ffarm. Dwi'n teimlo na fatha thing specific – reidio buwch a petha? – ar gyfer eighteenth birthday parties hogia cefn gwlad ydy hynna. Siŵr ga i'r profiad rywbryd.

Ond ia, ma Tim i weld yn joio. Dydy o'm yn deud lot ond ma'n hapus braf efo'i earplugs o i fewn, a ma 'di yfed chydig o fodca Pepsi Max er bod o'n eitha nyrfys am fynd overboard achos dydy o'm yn siŵr be ydy tolerance fo. Probably'n reit isel os dydy o'm yn saff ei hun. Gobeithio fod o'n OK. O'dd o'n rili cut up am sbel am y busnes love triangle weird 'na efo fo a Cat a Tami. A dwi'm rili'n gwbod os ydy o dros hynna ond un peth dwi yn gwbod ydy bo' ni'n lwcus bod o'n dal yn ffrindia efo ni. Gosh, dwi rili angen cofio ca'l chat efo fo am sut ma'n teimlo a stwff. Alla i'm coelio faint sy 'di digwydd iddo fo yn ei flwyddyn gynta fo yma.

Oedd Dad 'di mynd i'r gwaith yn gynnar heno ond naethan ni weld Mam pan na'th hi ddod adra; oedd hi'n hongian goriada hi ar y bachyn wrth y drws.

"Joiwch, bois," medda hi, a'i gwên hi'n llenwi'r hall. Ma Tim yn lyfio mam fi, ma hi 'di'i ddallt o. Ma hi'n dallt pawb. "Lashes neis, y ddau ohonach chi! Be na'th o, Tim, pinio chdi i lawr?"

"Diolch, Hanna, ond na'th Robyn ddim dal fi lawr. Y'ch chi'n ca'l sesh heno hefyd?"

"I wish!" medda hi, gan rowlio'i llygid a dechra rhestru bob dim oedd ganddi i neud. "Drychwch ar ôl 'ych hunain 'de. Robyn, dwi'm isio goro cario chdi i fyny grisia na dim byd heno." Ma hi wedi o'r blaen. Hero.

"A gwatsiad ar ôl Tim, 'nei di, cariad?" yn dawel bach wrth y drws pan o'dd Tim allan ar y pafin yn aros amdana fi. "Dwi'n gwbod 'nei di." A gesh i glamp o sws lip-balmllyd ar talcan fi. "Tasat ti'n ferch i fi, fyswn i'n deud bod gen ti ormod o'r foundation 'na on, mêt."

A dyma hi'n chwerthin wrthi hi ei hun wrth fynd drwadd i'r gegin i neud panad. 'Nesh i sefyll yna ac oeri'n sydyn, ond na'th o ddim para'n hir.

卌

Rywbryd yn ystod y noson ma Tim yn sefyll reit yn ymyl fi wrth y tân, a ma'n amlwg yn meddwl yn siriys am rwbath.

"Beth fyddet ti'n gweud wrth rywun ti moyn cusanu, ond ti ddim yn siŵr os byddi di moyn cusanu nhw eto fory?"

Probably ddim hynna, Tim. Dwi isio chwerthin ond dwi'n manejio i gadw fo i fewn.

"Dibynnu pwy ydy'r person ti isio cusanu, I suppose. Dim fi ydy o, naci?"

"Pam fydden i moyn cusanu ti? Ti moyn cusanu fi? Eto?"

Dwi'n dal i anghofio weithia bo' sarcasm fi jyst yn lost ar Tim. Teils gwyn a drycha'n fflachio o flaen llygid fi am eiliad; Power Ranger Glas a Power Ranger Pinc yn y gìg Calan Gaeaf.

"Na, dwi'm isio snogio chdi, Tim."

"O reit. OK. Wel, gwed bo' fi moyn cusanu merch.

Cusanu merch er mwyn teimlo shwt beth yw e. Cusanu Louise, reit — "

"Ti isio bachu Louise?"

"Ydw. Ond sai isie priodi hi."

"So pan ti'n deud 'gwed bo' fi…', ti'm yn golygu 'gwed bo' fi' o gwbl?"

"Beth?"

'Dan ni waaay off track. Ond ma Tim 'di cymryd ffansi at Louise. 'Dan ni'n gwbod gymaint â hynna, a peth arall dwi'n gwbod ydy ma Louise actually'n rili cŵl. Ma hi'n un o griw'r Gwaith Cartras so ma hi'n rili glyfar ond fatha mewn… fatha ffor' sy ddim yn neud chdi'n intimidated ac ofn deud rwbath yn rong. Fysa hi a Tim actually'n class. A maen nhw 'di bod yn neud gwaith pâr yn y dosbarth a ballu so maen nhw'n kind of comfortable efo'i gilydd yn barod. A fysa babis nhw'n brainy as hell. OK, OK, calm down, Robyn.

"So, ti isio gwbod os ydy o'n OK i chdi drio efo Louise… Ond… Cat?"

A ma Tim yn nodio a ddim yn gallu deud dim byd so dwi'n gadael o am funud a wedyn dwi'n gofyn,

"Oes 'na rwbath yn digwydd efo Cat?"

"Na, sai'n credu. Ond dwi dal moyn."

"Dwi'n gwbod. Ond Tim…"

"Ie?"

"Heno ydy heno, iawn? Ti 'di dod allan fama a dylach chdi fod yn massively prowd o chdi dy hun jyst am hynna. Heno ydy heno, a ma fory yn ddwrnod hollol wahanol, a heno, does 'na'm byd yn digwydd efo Cat, nag oes?"

"Na."

Dwi'm yn siŵr os ydy o'n torri'i galon 'ta'n relieved yn clywed hynna genna fi.

"Dwi ddim yn credu bydd Louise moyn cusanu fi ta beth. A beth dwi'n mynd i weud wrthi?"

"Ti'n mynd i fynd draw at Louise, a ti'n mynd i gymryd dy amser. A siarad am betha normal, dim cusanu, OK?"

"Ond shwt bydd hi'n gwbod bo' fi moyn cusanu hi?"

"Yli, ella, ella neith o'm digwydd. Weithia dydy o jyst… ddim. So paid â deud wrthach chdi dy hun ma'n mynd i ddigwydd. Jyst deuda wrth dy hun, dwi'n mynd draw i ga'l sgwrs normal efo rhywun mewn parti. Wedyn, os ti ddim actually'n ca'l bachiad, fyddi di heb fethu achos 'nest ti godi, mynd draw like a boss a siarad efo hi."

"Bydd hi ddim moyn cusanu fi, dwi'n gwbod."

Dwi ddim mor siŵr fy hun. Dwi'n gwylio Tim yn tiptoeio'n ofalus rownd y tân at Louise a dwi'n teimlo fatha proud mum. Look at me, y person sy mond 'di ca'l un (max dau os ti'n cyfri yr actual snog efo Tim) bachiad yn bywyd fo, dishing out the relationship advice iddo fo, sy'n neud loads gwell na fi ar y ffrynt yna. Ffyc sêcs. Na, Robyn, ffyc sêcs chdi. Stopia fod yn gymaint o jealous bitsh bach.

Ma Louise yn chwerthin ar rwbath ma Tim 'di deud a dwi'n gallu gweld, hyd yn oed o fama, bod hi'n chwerthin yn oren oren. Dwi'n teimlo fatha bo' fi'n sbio i fewn ar rwbath dwi'm i fod i weld, so dwi'n mynd i ffeindio drinc arall.

卌

Lot lot hwyrach ymlaen pan dwi'n dechra teimlo'r fodca'n mynd i mhen i a dwi ddim yn siŵr lle ma Tim 'di mynd ond dwi'n kind of OK efo hynna achos dwi'n gwbod bod Louise yn sound; a ddim rili 'di gweld Llŷr mond nodio casually ato fo o bell a 'di manejio i avoidio Garin, Liam a Rhydian a'r BeiblLads i gyd, lot hwyrach ymlaen dwi'n ffeindio allan bod Llŷr 'di dympio Ceinwen heddiw. A dwi'n ffeindio hynna allan tua'r un pryd â pawb arall ar y traeth achos ma Ceinwen yn troi i fyny o rwla – a does 'na neb 'di gweld hi hyd at y pwynt yma – off ei phen, a lipstig hi fatha gwaed (ac ella na gwaed ydy o) dros wynab hi a 'di colli un o'i sgidia hi fatha dau gi bach.

A ma hi'n gweiddi petha ar Llŷr ond does 'na neb yn dallt hi heblaw yr obvious, sef bod hi'n ffycin hêtio fo ac isio lladd o.

Ar y pwynt yma ma pawb yn kind of teimlo bechod dros Ceinwen am be sy 'di digwydd ond ar yr un pryd maen nhw fatha ffyc off Ceinwen, ti'n pissed. A ma Llŷr jyst yn sefyll yna, rili ddim yn gwbod be i neud ac yn symud o un droed i'r llall fatha bod hynna am ei helpu fo. I mean, fo na'th dympio hi, does 'na'm lot fedrith o neud fama.

A wedyn dwi'm yn siŵr be exactly sy'n setio off y chain of events sy'n dod wedyn, ond basically ma Ceinwen yn stymblo a bron iawn iawn disgyn i'r tân; ma Garin, where the hell did he come from, yn jympio i helpu hi a'i thynnu hi i fyny, ma drunk Ceinwen yn ffeindio'i hun ym mreichia Garin ac yn dechra full on neckio fo. A dydy Garin ddim yn pwsho hi off, in fact ma'n dechra neckio hi'n ôl, reit wrth y tân, in full view a literally two feet away o Llŷr. A ma pawb fatha…

What. The. Fuck.

Pan maen nhw'n stopio bachu, ma Ceinwen yn rhoi ryw silly weird grin i Llŷr ac yn codi dau fys yn rili rili slow motion.

A wedyn, wel wedyn, ma Ceinwen yn mynd yn sic ar wynab Garin.

卌

Pan ma'r shitshow 'di marw a ma mam Ceinwen 'di nôl hi yn y Range Rover efo bin bags ar y seti, a ma Garin 'di disappeario i'r nos efo bits o ego fo fatha flecks o carrot ar top Superdry fo, dwi'n gweld Llŷr yn ista chydig bach i ffwr' i lawr y traeth, a dwi'n mynd draw ato fo.

"Ti'n OK?"

Mae o'n gwenu fatha person sâl a ma'n edrych yn fach a gwelw yn ista yna ar y tywod.

"Yndw, sti. Had it coming for a while. Timing could have been better ond hei…"

"Ti'm yn edrych yn OK." Damn you, honesty.

'Dan ni'n chwerthin chydig bach wedyn ond ma'n swnio fatha bod chwerthin yn brifo fo so dwi jyst yn ista wrth ei ymyl o'n dawel. Mae o'n trio rowlio smôc a dydy o rili ddim yn gallu ond dydy o'm yn gallu admitio hynna chwaith. Ma hanner baco fo yn y tywod a'r papur yn llawn spit ac yn hollol useless.

"Ti'n shit am rowlio smôc, Llŷr. Ti isio un o rai fi?"

A 'dan ni'n rhannu un o Malboro Reds brawd fi fatha cyfrinach.

Yn yr amser ma'n cymryd i'r smôc losgi i lawr at bysedd ni ma Llŷr yn deud wrtha fi be ddigwyddodd efo Ceinwen.

Sut na'th o ista ar ochr gwely dwbl hiwj hi drwy'r pnawn yn siarad a siarad a siarad, probably gormod. Sut na'th o ddeud be o'dd yn bod a sut oedd hi'm yn cymryd o'n siriys, sut oedd hi'n chwara ar ffôn hi tra oedd o'n trio deud wrthi be oedd yn bod, a sut, ar ôl iddo fo ddeud bod o'n meddwl fysa'n well os fysan nhw ddim efo'i gilydd ddim mwy, bod hi ddim 'di deud dim byd. Jyst gadael o yna ar y gwely hiwj a deud dwi'n mynd am shower. Bod o 'di mynd o'r tŷ tra oedd hi'n y bathrwm, a 'di gadael y necklace bach silver efo birthstone hi oedd o 'di'i ga'l iddi ar pen-blwydd hi ar y pillow.

Ac ar ôl iddo fo ddiffodd stymp y smôc yn y tywod ma'n gafael yn fy llaw i'n dawal bach fel bod neb yn gweld. A dwi'm yn gwrthod, dwi'n gwasgu hi'n ôl a ma'i law o'n boeth boeth boeth.

A wedyn ar ryw bwynt, ar ôl fatha deg munud neu ella dwy awr, dwi yna'n syllu ar y tonna'n dod i mewn ac allan mewn ac allan a mwya sydyn dwi'n sensio'i anadl o dan clust fi a ma'i wefusa fo'n brwsho nghroen i'n ysgafn ysgafn cyn tynnu'n ôl. Ma'r patsh bach seis strawberry ar gwddw fi lle oedd o yn mynd yn tingly a weird a neis.

"Sori," medda fo. "Sori, gobeithio ti'm yn meindio... o'n i jyst..."

"Ti isio... ti isio mynd am dro?"

𝍸

Dydy stubble fo ar gwefusa fi ddim yn spiky a rough fel fysat ti'n disgwl ond yn sofft sofft, mor sofft â plu bach duckling.

Ma ogla'i aftershave o fatha petrol a cymyla.

"Dwi heb neud hyn o'r blaen," medda fo, ond he could have fooled me.

"Na fi."

Dwi'n blasu'i wên o efo nhafod i.

Ma'i ddwylo fo arna fi, ac mae o mor ofalus, mor dyner, mor ofnus, yn gofyn cwestiwn efo bob symudiad... Ma dwylo mawr beautiful fo arna fi, un ar ganol cefn fi, yn tynnu fi fewn yn agos agos ato fo; un yn dod i restio mor ysgafn ar hip fi dydy o bron ddim yn twtsiad.

A dwi'n meddwl am eiliad, reit yn fan'na, fysa fo'n gallu neud rwbath neu ddeud rwbath, gofyn rwbath yn y byd genna fi a fyswn i'n ei ddilyn o, credu fo, neud o iddo fo. Dwi'n clywed bywyd cyfan fi'n rhuthro rhwng y llaw sydd ar cefn fi a'r llaw sydd ar hip fi; yn fy nghalon a fy lungs a fy liver.

Ond wedyn

Dwi heb neud hyn o'r blaen.

heb

neud hyn
o'r blaen.
A dwi'n sylweddoli mai efo hogyn,
efo hogyn, oedd o'n feddwl. Dwi'n sylweddoli.
Obviously. Ffyc.
A dwi'n rhewi, rhwbath yn corff fi
yn rhewi'n gorn,
amser
yn slofi
reit i lawr
nes bod dim byd o gwbl yn symud
nac anadlu
na gneud sŵn.
Wedyn
dwi'n ffeindio'n hun yn rhedeg.

Rhedeg a stymblo a disgyn a codi'n hun i fyny; tywod yn llenwi nillad a'n sgidia a disgyn eto a codi a rhedeg a rhedeg a rhedeg ar hyd y traeth gwag, yn methu gweld lle dwi'n mynd. A dwi'n clywed Llŷr yn bell bell i ffwrdd yn gweiddi enw fi unwaith, dwywaith, tair.

Dyna pryd dwi'n clywed seirans y cops yn dechra yn rwla ac yn dod ar hyd y prom, y gola glas ar walia'r tai uchel, yn barod i roi diwedd ar y parti ac anfon pawb adra i'w gwlâu.

Ma'r dre o mlaen i, a'r parti tu ôl i fi, y môr mawr rhyfedd reit wrth fy ymyl i, yn disgleirio'n dywyll. Dwi yn y lle gwag a weird a tu chwith allan 'na rhwng bob un dim yn y byd i gyd. Ac ma hi'n hanner nos.

A dwi heb neud hyn o'r blaen.

"Robyn!"

Tywod a dŵr, dŵr a tywod.

"Robyn!"

"Llŷr?"

"Na, Tim!"

Siâp Tim rhyngdda fi a'r sêr. Ma'n sbio i lawr arna fi. Lle ffwc ydw i?

"Robyn, be ti'n neud fyn'na? Dyw e ddim yn saff i ti gysgu fyn'na."

"Reit."

"Robyn, mae'n amser mynd gytre. Ni'n aros yn tŷ ti, cofio?"

"Reit."

"Da'th y cops. Ma'r parti 'di gorffen."

OK Tim, gormod o wybodaeth, yn rhy fuan. Ma Tim yn rhoi'i fraich allan a dwi'n stryglo i godi. Pa mor hir dwi 'di bod yn fama?

"Tim."

"Robyn. Dwi'n falch gweld ti."

"A fi Tim, a fi. Falch o weld chdi 'fyd."

"Ni'n mynd gytre nawr. Yn slow bach."

"Cŵl."

Un droed o flaen y llall. Dwi'n neud yn OK, dwi'n gallu cerdded.

"Gest ti noson neis, Tim?"

"Joies i. Joies i fwy na bydden i 'di meddwl."

"O, neis."

Llŷr. Ffycinel, Llŷr. Dim problem chdi, Robyn. Plis. Dim rŵan.

"Robyn?"

"Ia?"

"Gofyn i fi shwt a'th pethe gyda Louise."

O god. Louise. Wrth gwrs.

"Sori, Tim. Sut a'th petha efo Louise?"

"Da, diolch."

Mae o jyst â marw isio deud wrtha fi. Dwi'n pwyso i fewn i'w ysgwydd o.

"Rwbath ti isio deud wrtha fi, Tim?"

"Siaradon ni am orie. A na'th hi gusanu fi ar ddiwedd y noson ac o'dd e fel fireworks, fel… fel *Power Rangers*. A falle bo' fi'n mynd am dro gyda hi fory."

Ma wynab Tim fatha'r haul.

"A dwi'n lico clywed hi'n chwerthin."

A dwi'n troi at yr hogyn beautiful, weird wrth fy ymyl i ac yn deud,

"Tim, thank fuck bo' chdi yma."

A wedyn dwi'n crio'r holl ffor' adra.

4

MA HI 'DI bod o leia deg eiliad ers i fi ddeud wrth Aniq bo' fi 'di bod off efo Llŷr neithiwr, a dydy hi dal heb ateb o gwbl a dwi'n dechra poeni am ei iechyd hi. Dydy hyn ddim dros Snapchat, as in, ma hi'n ista reit o mlaen i.

Y Shecws ar fora Sadwrn a ma'r byd i gyd yn mynd a dod. Ambell un o arwyr neithiwr yn self medicatio efo smoothies spinach a kale, hen hipis gwyn efo dreadlocks a cypla hen sy'n edrych lot rhy straight laced i milkshakes fod yn hoff ddiod, teuluoedd ifanc o hipsters sy'n edrych fatha bo' nhw'n difaru even cysidro ca'l plant efo prams a babis out of control a terrier bach rhywun sy'n iap iap iapio ar bawb a phob dim.

A tu allan, ma hi'n heulog eto, un o'r dyddia heulog 'na fysat ti'n gallu neud hebdda fo, achos ma jyst yn rhoi mewn perspective faint o loser ti'n teimlo, pa mor llwyd ti'n teimlo. Geith yr haul hyd yn oed ffyc off heddiw.

Achos bod o'n lle mor swnllyd a prysur ar fora fel'ma,

ma'r Shecws actually'r lle perffaith i ga'l chat am rwbath fysa well gen ti beidio siarad amdano fo o gwbl.

A fysa rili well genna i beidio gorfod siarad am hyn.

卌

Naethon ni gyrradd adra tua un dwi'n meddwl, ac oedd Tim methu dallt pam mod i'n crio gymaint, a 'nesh i ddeud bod o achos mod i mor hapus drosto fo a Louise. Ac mi o'n i sort of ond oedd o dal yn bullshit ac oedd Tim yn gwbod hynny'n iawn.

"Dwi jyst yn poeni amdanot ti, Robyn."

Oedd Aiden yn aros efo Ffion so na'th Tim gysgu yn stafall fi efo'r posters, a 'nesh i set up camp ar y soffa sy ddim rili'n ddigon hir i gymryd fi ddim mwy, so o'n i 'di plygu fatha pìn gwallt drwy'r nos a dwi bach fatha person hen bora 'ma rhwng bob dim. 'Nesh i glywed Mam yn symud o gwmpas i fyny grisia tua'r adag ddaethon ni'n ôl, 'di methu cysgu nes mod i adra'n saff, bechod.

O'n i'n casáu fy hun am deimlo bach yn flin am Tim a Louise a'r stori fach wholesome 'ma oedd jyst yn bloomio allan o nunlla fatha blodyn random rwla lle fysat ti byth yn disgwl gweld blodyn yn tyfu. Especially pan ma Tim yn absolutely haeddu ca'l rhywun mor neis yn bywyd fo, fel

Louise neu rywun arall. Cat, even. Who knows?

'Nesh i'm cysgu lot, ond pan 'nesh i o'n i'n cusanu Llŷr eto ond oedd o'n galw fi'n Ceinwen ac o'n i'n rili conffiwsd, a wedyn Llŷr oedd Ceinwen hefyd, a wedyn oedd Ceinwen yn fomitio ac yn fomitio ac yn fomitio arna fi yng nghefn y Range Rover a doedd 'na'm binbags, jyst siôls fi dros y seti.

A pan 'nesh i ddeffro o'n i ar y llawr, ac oedd y carpad yn cosi nhrwyn i, a 'nesh i godi'n sydyn a rhedeg i'r bathrwm i fod yn sic. Bore da, Robyn. Still fabulous.

Na'th Dad neud tost a poached eggs i Tim a fi i frecwast cyn mynd i'r gwely ar ôl ei shifft. Oedd o'n deud bod A&E yn heaving efo pobl 'di meddwi neithiwr. O'n i'n teimlo fatha heavio hefyd, dim achos y bwyd, na pobl 'di meddwi. Wel, indirectly ia, pobl 'di meddwi. Oedd Mam 'di mynd i'r garej yn barod. 'Nesh i glywed hi'n agor drws y lounge chydig bach bach cyn mynd, a pipio rownd i tsiecio bo' fi'n OK, a na'th y bora lenwi'r stafall am eiliad fach.

"Ti 'di clywad rwbath gan Louise?" dyma fi'n gofyn, ddim isio siarad amdana fi fy hun.

"Dim eto. Dwi 'di ca'l pump tecst gan Mam ond dwi —"

A dyma fo'n sbio ar ei ffôn o a wedyn sbio arna fi a…

"Snapchat wrth Louise! Dwi'n credu taw ti'n gofyn i fi na'th achosi fe. Diolch, Robyn. Ti yw'r gore."

Na'th hynna neud i fi chwerthin.

"Dwi'm yn siŵr am hynna ond class! Be mae'n ddeud?"

"Dwi heb agor e eto. Sai'n siŵr os fi moyn. Be os —"

"Ffycin agor o!" Edge of my seat, jeez.

"Dwi'n agor e nawr. Mae e'n selffi, mae'n edrych fel bod hi mas yn yr haul rwle, falle ar y prom. Ma'i gwallt hi'n edrych yn beautiful."

"Ydy hi'n deud rwbath?"

"Mae'n gweud, mae'n gweud… ma hi'n gofyn os dwi dal isie mynd am dro!"

Oedd o'n methu credu fo.

"Swnio fatha bo' rhywun efo dêt," medda Dad, a'r ddau ohonan ni 'di anghofio'i fod o dal yn y stafall. A'th Tim druan yn goch goch.

"Dim *dêt* yw e, Aleks."

"OK, OK, sori," medda Dad. "Falch drostach chdi, be bynnag ydy o, Tim, a pwy bynnag ydy hi."

"Louise yw enw hi."

"Cofia fi ati."

"Ond shwt bydd hynna'n gweithio? So ti'n nabod hi."

Dydy Dad heb cweit ddallt Tim.

卌

Ar ôl helpu fo i llnau'r masgara off, a rhoi layer newydd on, jyst bach mwy subtle na neithiwr, 'nesh i gerdded efo Tim lawr i'r ffrynt cyn i fi gyfarfod Aniq a mynd i'r Shecws.

O'dd o'n hollol, hollol nyrfys.

"Oeddach chdi'n class neithiwr, a ti'n mynd i fod yn class heddiw," medda fi. "Ar not-a-date chdi", 'nesh i ychwanegu'n frysiog.

Ac yn lle ateb dyma fo'n gofyn,

"Robyn?"

"Ia?"

"Sai'n lico pan ti'n gweud celwydd; dim fel, celwydd am stwff sdim isie gweud celwydd amdano fe. Bydden i'n dwlu gallu helpu ti nawr. Fel ti'n helpu fi gyda Louise."

"Dwi'm yn deud —"

"Pam o't ti'n meddwl taw fi o'dd Llŷr neithiwr, ar y traeth?"

"Dwn i'm, conffiwsd ma siŵr. O'n i'n methu gweld yn iawn."

"Ond pam fyddet ti'n meddwl taw *Llŷr* fydden i… o bawb?"

Ac o'n i'n methu'i ateb o, ac oedd o'n gwbod mod i'n methu'i ateb o. O'n i'n gallu gweld ateb fi'n physically mynd dan ei groen o ac yn sticio yna fatha briwsionyn mewn sheet gwely.

"Dwi 'di gweld rhwbeth rhwng ti a Llŷr o'r blân. Sai'n stiwpid. Galli di weud wrtha i, Robyn."

Pan 'nesh i'i adael o ar y gornel wrth ymyl y chippy oedd o'n edrych yn fach ac yn ansicr ohono fo'i hun, dim fatha'r Tim welish i wrth y tân neithiwr.

卌

Finally ma Aniq yn deud rwbath, a'r peth ma hi'n ddeud ydy,

"Robyn, what the *fuck*?"

A dwi kind of dallt, fatha taswn i ddim yn gwbod yn barod, bod hyn yn eitha big deal achos dydy Aniq *byth* yn deud 'fuck'. Wel, bron byth. Ma hi'n cadw fo at special occasions, fel yr adag 'na na'th endio fyny efo Mo yn pynsho Garin yn trwyn fo. Mi *oedd* hwnna'n special occasion.

"Na'th o jyst sort of, digwydd."

A ma Aniq yn flin. Ma hi'n rili flin efo fi. Ond achos 'dan ni yn y Shecws ma hi'n fatha gweiddi sibrwd a ma hynna actually yn fwy sgeri na gweiddi actual gweiddi.

"Na'th y boi 'ma literally gicio chdi yn dy geillia mond

wsnos yn ôl. Mae o'n stepbrother i Tami! Mae o'n un o'r BeiblLads! A… ers pryd mae o'n gay eniwe? Ma'n mynd allan efo Slayer, ti'n blydi gall, d'wad?"

Dwi'n mymblo rwbath fel bo' fi probably ddim, rili, yn blydi gall.

"A be am Ceinwen? Ma hi'n Slayer ond, ma hi'n human, Robyn, rhag ofn bo' chdi heb sylwi. Ma hi'n haeddu gwell na hyn gan Llŷr, dydy, siawns? Ydy hi actually'n gwbod bod o'n licio hogia?"

Ia, dwi heb ddeud wrthi mai fi oedd y rebound.

"Nadi, ond na'th Llŷr orffan efo Ceinwen pnawn ddoe."

"Blydi hel, do? Ydy hi'n OK?"

Wel, doedd hi ddim neithiwr. A dwi'n dechra o'r dechra, ac yn deud y stori'n iawn tro 'ma.

卌

Ma Aniq yn syllu arna fi dros ei hail smoothie.

Dwi'n dal yn mynd i orfod delio efo Tami. No we neith Aniq adael fi jyst peidio deud wrth Tami. Fysa hi'n deud wrth Tami ei hun cyn hynna, a fysa gen i'm chance i defendio unrhyw beth wedyn, na fysa? Dwi'n gwbod mai hi sy'n iawn hefyd. Ddim yn edrych mlaen at y sgwrs yna. Ond yn gynta…

"Pwy fysa'n meddwl na efo Llŷr fysa first gay kiss chdi?"

Ma llygid Aniq yn chwerthin ond dwi'n squirmio chydig bach achos dwi heb ddeud eto be dwi rili angen deud.

"Na'th 'na rwbath arall ddigwydd i fi neithiwr, Aniq."

"Rwbath *arall*?" Ma eyebrows hi'n mynd i fyny dan ei sgarff hi. "Waw, Robyn."

Mi *oedd* hi'n noson eventful, by anyone's standards.

"Ia, dwi'n gwbod, ma hyn yn lot."

A dwi'n deud wrthi am sut na'th petha orffan efo Llŷr neithiwr, a sut o'n i'n teimlo fatha magic, fatha bo' fi'n cerddad ar y cymyla tan… tan i fi sylweddoli. Y ffycin realisation 'na. Y thing 'na ddyla 'di bod mor glir ond… Ma'n thing mawr.

Ma'n thing rili rili fawr.

"Ma'n lot lot, Aniq."

"Cym dy amser."

Caru hi.

A dydy o'm fatha bo' fi heb feddwl o'r blaen am fatha… meddwl am y peth bob hyn a hyn, even sgwennu fo i lawr, cyn sgwosho fo reit yng nghefn pen fi efo petha erill dwi'm isio meddwl amdanyn nhw o hyd, fatha melting polar ice caps a drowning polar bears. Ffyc, hynna hefyd.

A dwi'n deud wrthi ma'r thing ydy, y thing ydy ti'n gweld, y thing ydy, oedd neithiwr i fi a neithiwr i Llŷr yn fatha dau neithiwr hollol wahanol. Ond bod Llŷr ddim yn gwbod hynna, a bo' fi ddim yn admitio fo i'n hun, tan i nghorff i admitio fo i fi, a neud i fi redeg i ffwr'.

A dwi'n deud, y corff, y corff 'na na'th neud i fi admitio fo a neud i fi redeg o 'na, dwi'n teimlo bod y corff, hwnna, y corff weithia ddim yn be ydy o fod… bod 'na rwbath, rwbath bach a rwbath massive eto i gyd…

A dwi'n deud wrthi…

Dwi'n deud a dwi'n methu cweit coelio mod i'n deud ond dwi'n deud…

Yn yr eiliad cyn i fi ddeud wrthi, dwi'n sylweddoli fy hun be dwi'n mynd i ddeud, be dwi ar fin neud i fi'n hun.

"Dwi'n meddwl…"

A ma bob dim heblaw wynab Aniq yn sydyn yn bell bell i ffwrdd yn rwla arall…

"Na, dim meddwl, dwi'n gwbod…"

A ma'n golchi drosta fi a dwi angen bod yn sic. Dwi angen aer. Angen crio. Angen, angen mynd at y môr…

Ma Aniq yn gafael yn fy llaw i, yn dal fi'n dynn.

"Ca'l o allan, Robs," ma hi'n deud. "Ca'l o allan – ti'n saff efo fi. Ti wastad yn gwrando arna fi; tro fi ydy hi rŵan, i fod yma i chdi."

Dwi'n deud wrthi, efo dagra'n llosgi llygid fi, a sic yng nghefn gwddw fi,

"Dwi'n trans, Aniq. Dim Llŷr oedd gay kiss cynta fi."

Ma anadl fi'n ratlo wrth i fi stryglo i ga'l y geiria allan.

"Dim gay kiss cynta fi o'dd o. Oedd o jyst y tro cynta i'r hogan yma fod efo hogyn."

卌

Un o'r petha gora – a ma 'na lot o betha da – am Aniq ydy sut ma hi'n gwbod pryd i siarad ac, yn fwy pwysig na hynna, be i beidio deud. Dwi'n meddwl ella'i fod o i neud efo colli'i mam. Ma hi'n gwbod be ydy ca'l pobl yn deud petha stiwpid, ac yn deud petha ar yr adag rong; llenwi'r awkward silences efo bullshit. Trio neud i chdi deimlo'n well maen nhw ond… ond dydy o jyst ddim yn gweithio fel'na.

So ma hi jyst yn ista efo fi yn gafael llaw fi ar hoff bench ni ym mhen draw'r prom. Fi yn fy siôl a hi yn ei sgarff, yn lliwia i gyd ac yn ista fan'na, a lot, lot o gwestiyna rhyngddan ni ond gân nhw aros tan wedyn, nes mlaen neu ddwrnod arall. Dwi jyst isio sbio ar y môr am chydig bach, fatha dwi bob tro isio. A meddwl am New York.

A dwi'n sbio arni hi hefyd, Aniq, yn dawel bach heb iddi weld, achos ma hi'n mesmerised gan y môr. A dwi'n meddwl am faint ma hi 'di gorfod ffarwelio efo fo. A dwi'n gwasgu'i llaw hi, a ma hi'n gwasgu'n ôl fatha tasa hi'n meddwl am union yr un peth.

Ma 'na pigeon bach efo un goes sy'n methu hedfan, yr un 'dan ni'n rhoi briwsion iddo weithia, yn hopian o gwmpas wrth ein traed ni. A dwi'n amazed fatha bob tro dwi'n gweld o sut ma 'di adaptio a surviveio er bod o mond efo un goes a wings cam. Ma'n edrych fatha deryn bach rili hapus. Sori pigeon, dim briwsion heddiw.

Ma 'na hen gwpwl yn dod i'r bench nesa i fyta'u baguettes, a ma'r pigeon yn hopio yn ei flaen. Dwi'n meddwl sut ma petha'n mynd efo Tim.

"Ti'n mynd i fod yn OK, Robs."

Ma Aniq yn gallu rhoi hyder heb i chdi hyd yn oed wbod am be. Cyn i chdi hyd yn oed ddallt be ydy maint be sy o flaen chdi. Ti'n *mynd* i fod yn OK. A wedyn ma hi'n deud,

"Allwn ni'n dwy fanejio rwbath, mond i ni sticio efo'n gilydd."

A na'th hi slipio fo i fewn mor slic, mor berffaith, mor naturiol a beautiful fysat ti bron ddim 'di sylwi ar y peth. Fatha tasa hi 'di bod yn ei ddeud o rioed. Fatha barddoniaeth.

Dwi'n caru iaith a geiria yn yr eiliad yna; caru faint ma pob gair yn pwyso, faint ma jyst un dewis bach o air yn gallu newid y byd.

Ma 'na rwbath poeth fel dagra a tân yn dechra reit i lawr yng ngwaelod bol fi ac yn tyfu a tyfu nes bod o'n torri drwydda fi, yn chwalu ar lanna'r traeth tu fewn i fi fatha seismic wave o relief ac ofn a diolchgarwch.

Yn nes mlaen, dwi'n ca'l neges WhatsApp gan Tim.

> Louise a fi, ni'n aros yn ffrindie.

5

PAN DYDY AIDEN ddim adra dwi'n licio cysgu efo'r ffenest yn llydan agored, a weithia dwi jyst yn mynd i ista wrth y ffenest am oria. Ac os ydy hi'n wyntog ma posters fi'n fflap-fflapio yn erbyn y walia a dwi'm yn aros yna'n hir ond heno, heno mae'n un o'r nosweithia balmy yna, lle ti'n gallu ogla'r tarmac yn gynnas ar ôl dwrnod o haul. Noson cysgu ar ben dwfe efo albym newydd Harry Styles yn sibrwd yn clust fi, yn deud wrtha fi mod i'n euraidd, yn deud wrtha fi bod bywyd yn blasu fatha mefus.

Ond yn lle hynny dwi'n ca'l noson bol yn corddi / methu meddwl yn syth / oedd heddiw actually'n wir? Dwi newydd ddod allan i ffrind gora fi. Allan as in, allan allan, achos dwi 'di dod / allan / o leia unwaith o'r blaen. Diolch ffycin byth am Aniq.

24 awr union yn ôl o'n i'n mynd off efo Llŷr. What the hell?! Ma 'na ddau beth ddyla probably fod wedi digwydd ers hynna sydd heb ddigwydd sef 1. siarad efo Llŷr a 2.

siarad efo Tami. Ddim yn siŵr pa drefn. Dwi 'di teipio fatha biliwn o decsts ond 'di deletio bob un a dwi 'di dechra poeni 'na i anfon un i'r person rong neu rwbath so dwi 'di dechra drafftio nhw yn Notes fi jyst rhag ofn.

Fyswn i'n gallu jyst mynd am y simple, classic

Hei

efo Llŷr. Ond wedyn dwi fatha sws neu dim sws, fatha, is that appropriate? I mean, na'th o fwy na swsio fi neithiwr ond tbf ma probably yn traumatised mbach achos 'nesh i, wel, redeg i ffwr'. Alla i'm meddwl bod o'n ecstatic efo'r ymateb yna. A, be os dwi'n deud hei a dydy o jyst ddim yn ateb fi, jyst yn gadael fi'n hongian a dwi'n gorfod mynd i exam fi dydd Llun jyst yn cogio bod dim byd 'di digwydd er bo' fi'n poeni 'na i chwalu'n filiwns o ddarna bach bach os dwi'n ca'l slight eye contact efo fo?

Dwi rili angen siarad efo Llŷr chos mae o probs yn confused as hell ar y funud. Ma'r sensible Robyn yndda fi yn trio perswadio fi i jyst deud yn blwmp ac yn blaen wrtha fo. Ond dwi'm isio freakio fo allan.

A wedyn Tami. TAMI. Oh my god, Tami.

Na'th hi fygwth beatio Llŷr fyny am y cicio balls episode so obviously dydy beatio non-rugby playing loser fel fi ddim beyond hi, nadi. Dwi'm yn gwbod pa mor protective ydy hi o Llŷr – not the point, Robyn – ond maen nhw fatha, technically, yn deulu rŵan, reit? A dwi'm yn gwbod lle ma'r petha 'ma'n rankio ar yr hierarchaeth loyalty. *Oes* 'na hierarchaeth loyalty?

Ma Tami'n class. Dydy hi'm yn haeddu ffrindia crap fatha fi. Ma hi'n ace. Ma'r Pump i *gyd* yn ace.

Ers pryd dwi'n deud *ace*? Yuck.

卌

Ma 'na sŵn ffymblo goriada yn y clo lawr grisia a stribedyn bach o ola melyn yn llithro i fewn o dan drws fi wrth i Aiden droi'r gola on yn yr hall. Dwi'n clywed o'n cloi ar ei ôl, sy'n ddechra da, o leia.

Swnio fel bod o ar ben ei hun. Dim Ffion, thank fuck. Ma hynna'n swnio fatha cynghanedd. Ydy o? Who knows?

Dwi'n clywed o'n potsian yn y gegin ac yn tynnu sgidia fo a wedyn ma'n dod i fyny grisia fatha rhywun sy'n gwbod bod o 'di meddwi ond yn meddwl bod o'n neud absolutely world class job o beidio swnio fatha bod o 'di meddwi.

Dwi'n meddwl na isio pis mae o, ac yn deud gweddi fach sydyn i'r duw hollwybodus a Tayce neith o gofio codi'r sêt, neu os ydy o'n waeth na ma'n swnio, cofio lle yn y bathrwm (tiny, by the way) ma'r actual toilet. Ma 'di piso yn practically bob container arall yn y bathrwm ar ryw bwynt. Mingin. Absolutely mingin.

Mae o wrth drws fi. Drws ni, dwi'n cofio. A, ffyc, gobeithio neith o'm piso fama.

"Robyn?"

Jyst gad fi yma, jyst gad fi yma am eiliad – a gwna i eiliad bara am byth – cyn bydd rhaid i fi gau ffenest a threulio noson yn ganol drunken fumes chdi, Aiden. Ma 'na awel fach yn codi ac yn ticlo ngwynab i drwy'r ffenest. Dwi'n cyrradd diwedd 'Treat People with Kindness'. Dwi jyst… jyst about yn dechra relaxio.

"Robs, ti'n cysgu?"

Fyswn i'n lyfio os byswn i'n cysgu, ond nadw. Dwi'n croesi'r stafall ac yn agor y drws chydig bach bach.

"Be ti isio?" dwi'n gofyn. "O'ch chdi'm i fod i aros efo Ffion?"

Pam bod o ddim efo Ffion?

"Jyst gad fi i fewn, Robs, dwi'n pissed."

A mae o yna'n sort of siglo o ochr i ochr yn y gola gwan, a dwi'n gadael o i fewn, fwy achos mod i ofn iddo fo ddeffro Mam a Dad na teimlo ddyla fi am unrhyw reswm arall. Ffycin golwg.

"Gesh i ffrae efo Ffion."

O? Diolch am yr unsolicited news. Dwi'm isio gwbod am Ffion. Dwi'm isio gwbod am Aiden. Genna fi ddigon ar 'y mhlât heb orfod delio efo questionable life choices brawd mawr fi sy'n ddigon hen i gymryd cyfrifoldeb amdanyn nhw.

"Robyn..."

Pam bod hwn isio chat rŵan?

"Mae'n fatha, un o'r gloch y bora, Aiden."

"Robyn, plis 'nei di dderbyn bo' fi'n sori? Dwi rili yn, mêt. Oedd be ddigwyddodd... oedd o'n rong. Rili rili rong."

Mêt, too right oedd o'n rong. O'n i'n traumatised. Dwi'n watsiad yn dawel wrth iddo fo ffymblo o gwmpas yn trio ffeindio'r sleeping bag a'r camping mat o dan gwely fi a wedyn ma'n mynd drwy'r broses eto i drio'u gosod nhw allan ar lawr.

A wedyn ma'n deud,

"Robs, ma Ffion yn uffar o hogan iawn, sti, tasach chdi jyst yn rhoi cyfla iddi. Rhoi cyfla i fi. Ail gyfla, 'lly. Plis?"

Yndw, dwi'n gwbod deep down fod Ffion yn hogan iawn; yn hogan eitha neis even. Ma hi wastad 'di nhrin i'n iawn; wastad 'di ffitio i fewn yn iawn efo Mam a Dad, ddim 'di accidentally revealio bod hi'n raging racist neu flat-earther neu troi allan i fod yn 5G conspiracy theorist. Ma hi'n OK. Ma hi'n... sound.

Ond hefyd, ffyc Ffion.

Ffion ac Aiden a'u bywyd straight and narrow – OK, ma mrawd i'n ddi-waith ond ma gynno fo degree – ddim yn gorfod poeni be ma pobl yn meddwl os 'dan nhw'n cerddad i lawr y stryd yn gafael llaw; ddim yn gorfod poeni am bobl yn croesi'r stryd i avoidio nhw, neb heblaw exes straight erill nhw. Seriously. A wedyn dwi'n teimlo'n ddrwg achos dim bai Aiden na Ffion ydy hynna, naci, ond rwbath rwbath a ma 'na bwynt yna rwla.

"Robs?"

"Hm?"

A rwla rhwng Aiden yn pledio achos Ffion a finna'n sylweddoli fod y byd yn bydredig, ma 'na ddagra, ffycin dagra, 'di dechra dengid o gorneli llygid fi. Dagra mawr tew sy'n teimlo fatha tasan nhw'n gallu moddi fi. Fatha tasan nhw'n gallu boddi'r byd i gyd mewn rhyw fath o apocalyptic dilyw. Faint dwi 'di ffycin crio heddiw? Jeez.

"Robs!"

A ma'n drewi o gwrw a chwys ond dydy o'm lot o bwys achos o'n i rili angen hyg a dwi'n rili falch fod o yma mwya sydyn, a fyswn i'n madda iddo fo am rwbath; even os fyswn i digwydd bod, digwydd bod 'di cerddad fewn arna fo efo ex fo yn gwely fi.

卌

"Ydy hyn am fi a Ffi?" ma Aiden yn gofyn pan ma 'di nôl panad a Party Rings i ni (ma Mam yn ca'l rhai past their sell by date o gwaith so maen nhw'n biscuit of choice yn tŷ ni which suits me just fine) – dwi'n watsiad o fatha hawk achos dwi'n gwbod bod o dal yn pissed er bod o'n actio fatha bod o ddim, a dwi'm isio fo droi'r banad 'na drosto fo'i hun. Dychmyga os fysa heno'n gorffan efo trip i A&E for second degree burns ffs. Fysa fo'n eitha on brand.

A dwi'n chwerthin yn dawel ar y syniad.

Na. Dydy o ddim am chdi a Ffi. Ffi? Ma nghlustia fi'n cyrlio chydig bach. Yyy. Ond na, Aiden, mae o am fi a *fi*.

Ma'n sbio arna fi am funud a wedyn ma'n deud,

"Robs, dwi'n gwbod bo' chdi'n gay, sti."

O. ia. Wel, ia… ond… Ia. Diolch. Mae o'n trio, mae o rili yn. Ond…

"Ia, dim hynna ydy o, Aid."

Ma'n sbio arna fi drwy stêm panad fo, y cwestiyna'n pingio rhyngddan ni.

"Ti ddim yn gay?"

"Aid, dwi'n…"

Be? Be wyt ti, Robyn? Ffyc, ydw i'n mynd i ddeud o?

"… trans."

Dwi 'di'i ddeud o. Dwi 'di deud y gair. Eto. Dwy waith heddiw. Na'th o jyst tywallt allan. Pam be sut pwy?

O GOD. WHAT.

Damage control. Damage control. OFN. Quick, be ti'n mynd i neud os ydy o'n… os ydy o'n fatha pynsho chdi neu rwbath? Be ti'n mynd i neud os ydy o'n galw chdi'n freak? 'Nest ti'm meddwl am hyn, Robyn. 'Nest ti'm meddwl am hyn o gwbl.

A ma Aiden yn ymateb drwy dollti chydig bach o panad fo ar ei jîns o; ma'n llyncu be sy yn ceg fo'n sydyn a ma'i lygid o'n tyfu am funud a ma'n rhoi cwpan fo lawr ar y bedside, sy'n wise move achos os dwi heb ddeud o'r blaen, mae o'n pissed.

"Jeez…"

Aye, dwi'n gwbod. Ond dydy llygid Aiden ddim yn caledu, a dwi'm yn gwbod pam o'n i'n disgwl iddyn nhw neud; actually, dwi'n meddwl bo' nhw'n meddalu. Ma'n edrych yn fwy caredig na dwi 'di'i weld o ers hir hir. Neu ella mai fi sy jyst heb gymryd sylw ers hir hir.

Dydy o'm yn deud dim byd chwaith, jyst yn syllu arna fi a dwi'n gallu gweld y meddylia'n cerdded ar draws wynab fo.

"Sori os ydy hyn yn lot…" dwi'n dechra, ond ma'n torri ar draws,

"Na, paid deud sori. Paid." Ma'n dal i sterio arna fi a

ma'n deud, "Dwi jyst angen munud."

Yn ystod y munud ma 'na rywun allan yn y stryd yn gweiddi ar rywun mewn tŷ i ddod i adael nhw i fewn; ma 'na sŵn drws yn agor, lleisia'n codi, lleisia'n disgyn, drws yn cau. Ma 'na bedwar car yn pasio a dwi'n gallu clywed Dad yn chwyrnu a ma raid bo' Mam yn cicio fo neu rwbath achos ma'n neud un snore massive ar ôl chydig a wedyn yn stopio. A ma 'na fiwsig isel yn crwydro o rwla, a dwi'n meddwl ella na 'Fel i Fod' gan Adwaith ydy o ond dwi'm yn saff. Ma'r munud yn para tua blwyddyn. A wedyn mwya sydyn ma Aiden yn deud, "R e i t" yn y llais sort of determined 'na ma rhywun yn neud pan ma'n codi i fynd â'r bins allan, neu 'di aros yn rhy hir mewn parti dydy o'm rili isio bod ynddo fo ac yn trio excusio ei hunan; a ma'n gofyn, "Be dwi fod i alw chdi?"

Wow wow. Freakio allan.

Pam fod hyn yn teimlo mor

mor *normal*?

Dwi'n deud wrtha fo mod i dal yn Robs, dal yn Robyn –

"Ond dwi'n hi, Aiden. Dwi'n she. Dwi'n her. Dyna… dyna be, dyna pwy ydw i."

Dwi'n trio neud jôc am thank god bo' Mam a Dad 'di dewis enw mor flexible ha-ha, a mae o'n sort of funny, ond obviously dwi'n dechra crio eto.

Dydy Aiden ddim yn deud dim byd rili ond ma'n closio

ata fi ac yn rhoi braich rownd fi, a dwi'n gallu deud bod o'm rili'n gwbod be i ddeud ond ma hynna'n iawn. A dydy o'm rili otsh chwaith bod o dal yn stincio o Jägerbombs a be bynnag shit arall; ma 'na even rwbath chydig bach yn comforting amdano fo. Ella. Ond fwy na'm byd…

… dwi'n sylweddoli'n sydyn faint dwi 'di bod angen brawd mawr fi. Paid â ffyc off plis, Aiden.

Ma'n gaddo bod yna i fi. Ma'n admitio bod o ddim yn dallt bob dim ond bod o am drio a ma'n deud bod o probably am neud mistêcs weithia ond bod o am ddarllen lot ar-lein i drio neud yn siŵr bod o'n neud as few mistakes as possible. A ma'n deud wedyn, ar ôl i ni siarad am ages, ac ar ôl i'r chat gymryd sawl weird and irrelevant turn, bod o actually'n browd iawn o chwaer bach fo.

卌

Ma raid mod i 'di mynd i gysgu ar ryw bwynt wedyn ar ôl i fi fod yn crio am hir achos pan dwi'n deffro dwi yn y gwely a ma 'na flancad drosta fi; yr un efo'r dreamcatchers a shit fela arna fo dwi'm yn credu ynddyn nhw, ond sy'n comforting, gesh i o fleamarket pan o'n i ar drip Drama yn y West End blwyddyn dwytha.

A dwi'n gynnas i gyd ac wrth ddeffro dwi'n sylweddoli

bod 'na ddau berson arall, heblaw fi, ar y blaned fach weird 'ma, yn gwbod pwy ydw i. Go iawn 'lly. A dwi'n mynd i orfod deud wrth bobl erill, pobl sy ddim yn mynd i ddallt. Ond ma hyn yn ddigon am heno. Bora 'ma.

A fory, heddiw, dwi'n mynd i ddeud wrth Llŷr. A dwi'n mynd i ddeud wrth Tami. A Cat, a Tim. Aniq a Tim, a Cat a Tami. Dwi newydd sylwi fod enwa nhw actually *yn* cynganeddu. Pa mor ffycin berffaith ydy *hynna*?

Ma gola ffôn Aiden yn taflu ar y walia. Dwi'n gallu clywed bysedd o'n mynd ar y sgrin.

"Aid?" dwi'n sibrwd.

Ma'r bysedd yn stopio.

"Ia?"

"Am be oedd y ffrae efo Ffion?"

Dwi'n cymryd na dyna pwy ma'n tecstio.

"Ti'm angen problema fi ar ben be ti'n mynd drwyddo fo dy hun, seriously, Robs."

"Ffyc off, dwi am fod yna i chdi os ti'n neud o i fi. Hynna mond yn deg."

"Gaddo 'nei di'm deud wrth Mam a Dad?"

"Os 'nei di'm deud wrthan nhw am thing fi," dwi'n deud.

"Gaddo."

"Mond chdi ac Aniq a fi sy'n gwbod yn y byd i gyd."

Ac ar ôl deud fod o in good company, ma'n deud wrtha

fi bo' Ffion 'di gofyn iddo fo symud i fewn efo hi. Ma hi'n rentio fflat chydig strydoedd i fewn o'r ffrynt, ddim yn bell o'r pharmacy lle ma hi'n gweithio. Dwi'n ca'l prescriptions anxiety fi ganddi hi weithia a dwi'n teimlo'n weird bod hi'n gwbod pa meds dwi'n cymryd.

I mean, wow, sydyn. Ond eto, ddim yn sydyn achos, history 'de.

"Ti'n caru hi, Aid?"

Ma'n edrych yn embarassed am funud ond wedyn ma'n deud,

"Dwi'n ffycin caru hi, Robs. Ma hi'n class, sti. Dwi rioed 'di teimlo fel'ma am neb."

CIWT.

Fatha, that's a good sign, right? Alla i weld nhw rŵan yn byw yn y fflat bach 'na a hi'n mynd yn pissed off efo fo am pubes fo'n y shower ac am bod o'n gadael i'r dŵr fynd yn fudur yng ngwaelod y thing dal toothbrushes. Adorable.

"Dwi'n hapus drostach chdi, Aid. Hapus drostach chi'ch dau. So pam dach chi'n ffraeo?"

"Dwi'm yn gwbo'. Ma jyst, ma jyst achos bo' genna fi'm job ar y funud mae'n deud fedra i symud i fewn a bo' ddim rhaid i fi dalu rent nes dwi'n ffeindio rwbath. A… a dwi jyst yn teimlo fatha ddyla fi fod yn cynnig mwy, t'mod?"

Na, na, Aiden. Dwi ddim yn gwbod. 'Dan ni'm yn

hunter gatherers dim mwy, sti, be bynnag ma cymdeithas yn deud; a ma'r bullshit patriarchy 'di ca'l crafanga fo yndda chdi, sorry to say. Ond dwi'n avoidio deud rwbath sarcastic – iei fi – ac yn lle hynny, dwi'n gofyn,

"Ti yn chwilio am rwbath, dwyt? Job, 'lly."

A ma'n shrygio yn y sleeping bag a dwi'n gwbod yn iawn fod o'n desbret am rwbath a dwi'n deud wrtha fo ddaw 'na rwbath ond bod 'na ddim cwilydd mewn symud i fewn efo cariad chdi. Ma hi *isio* i chdi symud i fewn efo hi; ma hi'n gwbod bo' genna chdi'm job, dydy o'm yn big deal.

"Nadi?"

"Gaddo. Pa mor cŵl fydd chi'ch dau yn byw efo'ch gilydd though? Gewch chi neud be bynnag ddiawl dach chi isio. Gewch chi ga'l house parties a... a bob dim ma pobl go iawn yn neud."

Dwi actually chydig bach yn jealous. Ond dwi'n mynd i ga'l bedrwm fi'n ôl. Ca'l fi'n *hun* yn ôl. Iei. As in, iei mwya'r byd.

Na'th poster Beyoncé fi actually neud sigh of relief bach, 'ta fi sy'n dychmygu fo?

"Gei di ddod draw pryd bynnag ti isio..."

A ma'n sbio arna fi efo llygid fake-serious,

"... ond plis ffycin cnocia'r drws gynta."

O god, sglyf sglyf *sglyf*.

𝍸

Ma'r pigeon bach un goes yna pan dwi'n cyrradd y benches ar ben draw'r prom, yn gwledda ar leftover chips nos Sadwrn rhywun.

Helô, deryn bach, medda fi yn 'y mhen i. Neu ella yn uchel? Dwi'm yn gwbod weithia. Eniwe, dwi'n mynd i gymryd chdi fatha good omen heddiw. Fatha ryw lucky charm, dwi'n gwisgo'r poncho fflyffi glas, yr un sy 'di colli sparkles fo ond sy'n neud i fi sparklo'n fwy nag unrhyw un.

Ista yna wedyn, ar ben fy hun. Fysa ddim lot yn boddran dod mor bell draw â hyn, ddim ar fora Sul, eniwe. Ma 'na ddigon o fôr a traeth mwy agos at ganol dre, so dwi'n ca'l llonydd fama.

Ac yn Notes ffôn fi dwi'n sgwennu:

Dyma fi.

Achos dyma fi. Ac achos ma genna i gerdd dwi isio sgwennu. Dwi'm yn gwbod os dwi rioed 'di gallu deud 'dyma fi' o'r blaen. Wel, do, ma siŵr, yn yr obvious sense, y literal sense; ond ddim fatha, mewn ffor' dwi'n credu yn y context yma.

Dyma fi.

Ma'n swnio'n dda pan dwi'n deud o eto. Fel tasa bob tro dwi'n deud o a deud o a deud o ma'n ca'l ystyr newydd. Dyma fi, dyma fi. DYMA FI.

Ma 'na rwbath pwerus, *empowering*, am ddeud o. Fyswn i'n gallu gweiddi fo, ond fysa pobl yn sbio yn fwy weird na maen nhw'n barod wedyn. Dyma fi, yn ista reit ar yr ymyl. Yn sbio i mewn ac yn sbio allan. Dros y môr. I New York a dros y byd i gyd. Dyma fi.

Fel o'r blaen. Ond… ddim.

Dyma

fi. Fi.

Dyma fi. Ac yn fy mhen, mae hyn yn fwy nag y bydd o byth.

𝍸

Pan ma Llŷr yn cyrradd ma'n sbio o gwmpas fatha bod arno fo ofn gweld rhywun ma'n nabod. Actually, dim 'fatha'; dyna exactly be ma arno fo ofn. Dwi'n wyndro be fysa Garin yn deud os bysa fo'n gweld ni. Dim byd probably, a cysidro bod hunan-barch fo rwla yn y depths of the Atlantic ers y llanw uchel dwytha.

"Hei," ma'n deud, jyst fatha un o'i decsts o. Dwi bron yn disgwyl clywed y ping wrth iddo fo gyrradd. Ma'n edrych yn jumpy, a ma'n gwisgo dillad rhedeg fo. Classic excuse am fod wedi jyst 'bympio fewn' i fi. Genius.

"Hei! Yli..." dwi'n dechra. Ond dwi'm yn ca'l mynd dim pellach achos,

"Lle ffyc est ti?"

OK, fel'ma mae am fod. Wow.

"Llŷr..."

"Dwi actually ddim isio i ti esbonio, dwi rili ddim. Ti'n sylweddoli faint na'th hynna gymryd i fi? O'n i rioed..."

– you and I both, 'de –

"... Fysa rhywun 'di gallu gweld ni; fyswn i'n colli bob dim sgenna i. A 'nest ti jyst pisio off. Pa mor conffiwsd ti'n meddwl dwi 'di bod yn teimlo ers i chdi neud hynna?"

I mean...

"Ti isio i fi esbonio pam 'nesh i adael chdi?" dwi'n gofyn.

A dyma fo'n shrygio a pwsho jaw fo allan fatha plentyn bach yn ca'l pŵd.

Ma 'na ddau foi ifanc ond hŷn na ni yn cerddad heibio yn gafael dwylo, yn fflip-fflopio i lawr i'r traeth i fynd am dip neu sunbathio. A ma'r boi talach efo'r stud yn trwyn fo yn pwyso i fewn am eiliad i sibrwd rwbath yng nghlust y llall, a maen nhw'n chwerthin fatha plant bach wrth fynd i lawr y steps at y tywod. Dwi'n gallu teimlo bod y ddau ohonan ni'n sterio, y ddau ohonan ni'n tensio.

A wedyn dwi'n tynnu anadl ac yn deud,

"Ti'n gwbo' pam 'nesh i banicio, pam 'nesh i redag off? Brace yourself for the big news. Dwi'n trans. Waeth ti ga'l ffycin gwbod. Ma pawb arall yn mynd i wbod a ti'n gwbo' be, dydy o'm jot o wahaniaeth i chdi achos gei di fynd 'nôl i neud be bynnag ti isio efo bywyd chdi. Ond jyst i chdi ga'l gwbod, o'n i rili isio chdi, rili isio lle oeddan ni'n mynd noson o'r blaen. Ond 'nest ti neud i fi sylweddoli bod o ddim yn deg arnach chdi. Achos oeddach chdi'm yn gwbod pwy o'n i.

A rŵan ti yn. 'Nesh i neud be 'nesh i, dim jyst i fi, ond i chdi hefyd."

Wow, na'th hwnna jyst, sort of, chwydu allan.

"Ti'n *trans*?"

Dwi'n gwbod neith llais fi grynu so dwi jyst yn nodio.

"So..."

A mae o'n methu ca'l pen fo rownd fi.

"So, ti actually isio bod yn hogan?"

"Dwi *yn* hogan."

Ma nghalon i'n jympio. JWMPO, fel fysa Tim yn deud.

A ma Llŷr yn syllu ar dwylo fo, a wedyn trainers fo, a wedyn dwylo fo eto; ond ddim arna fi. A ma'n neud laugh bach trist ac yn deud yn dawel bach,

"O'n i'n meddwl na fi oedd o. O'n i'n meddwl bo' fi'n… ddim yn dda… neu rwbath."

Ma'n swnio'n… relieved? Beeee?

"Oeddach chdi definitely *yn* dda, for what it's worth, 'lly."

Pam, pam 'nesh i roi compliment iddo fo?

Ydy o am ddeud rwbath am, am y thing? Y thing *mawr*? Ydy o'n hapus, rŵan bod o'n gwbod bob dim? Rŵan bod o'n gwbod na ddim fo o'dd yn shit, bechod.

"Dwi'n mynd i weld Ceinwen fory."

Ceinwen. Ceinwen?

What the hell what the hell. Ceinwen? As in Ceinwen naethon ni i gyd weld yn mynd off efo best mate chdi Ceinwen? A, Llŷr, y thing?

A'r thing arall?

"O?"

"Ia, dwi'n meddwl. Ia. Jyst gweld sut eith petha 'lly."

O.

O. Be am, be am had-it-coming-for-a-while? A'r dramatic birthstone pendant thingy. A BE AM GARIN? Wow. So be, be dwi'n gofyn ydy,

"So, y thing na'th ddigwydd efo ni?"

"Pa thing?" ma'n gofyn, dal yn sbio ar trainers fo. "Doedd 'na'm byd, nag oedd?"

Mess. Un mess mawr. Be actually ydy hyn?

"Nag oedd? Dwi'n eitha siŵr —"

"Doedd 'na ddim." A mae o'n fwy pendant tro 'ma, er bod llais fo efo ryw weird crack ynddo fo. "Mistêc oedd o. Stiwpid ffycin mistêc."

O'n i'n stiwpid ffycin mistêc. Dyna o'n i. Rebound mwya tragic y ganrif. Stiwpid. Ffycin. Mistêc.

"So, 'dan ni'n ignorio fo? Anghofio fo?"

"Aye. Dwi'n meddwl na dyna fysa ora." Dyna ma Llŷr yn deud wrth godi i fynd, ei lais o'n wag, yn wag heblaw am atalnod llawn yn atseinio. A dyna ma'n neud. Mynd. Yn barod. Cyn cyrradd, jyst. Dwi'n watsiad o'n mynd, ma'n gwisgo earphones fo ac yn jogio ar y sbot am chydig eiliada.

Wedyn ma'n ca'l afterthought, yn stopio jogio, ac yn tynnu earphones fo eto. Troi ata fi. A ma llygid fo'n galad ac yn llawn ofn 'run pryd wrth ddeud,

"Paid â deud ffyc ol wrth Tami am hyn."

A ma'n deud,

"Mi ladda i di os 'nei di."

A mae o'n

mynd.

A ma 'na wacter massive ar ôl pan mae o a T-shirt fluorescent fo'n diflannu rownd y gornel. Fatha tasa bob dim rhwng y bench yma a'r gornel yna yn representio bywyd fi, a mae o newydd jogio allan ohono fo. Dim y Llŷr sy newydd adael fi, y Llŷr defensive, ansicr, threatening, sy 'di mynd o'r byd; na, y Llŷr sy 'di mynd ydy'r Llŷr gesh i gip ohono fo am un ennyd hudolus; yr hogyn beautiful na'th roi ei law arna fi a nhroi fi'n ddŵr, yn fôr, yn donnau.

6

DWI'N SBIO AR TikTok gan Bel Priestley lle ma hi'n dod allan i ffrindia genod hi ar Group Chat pan…

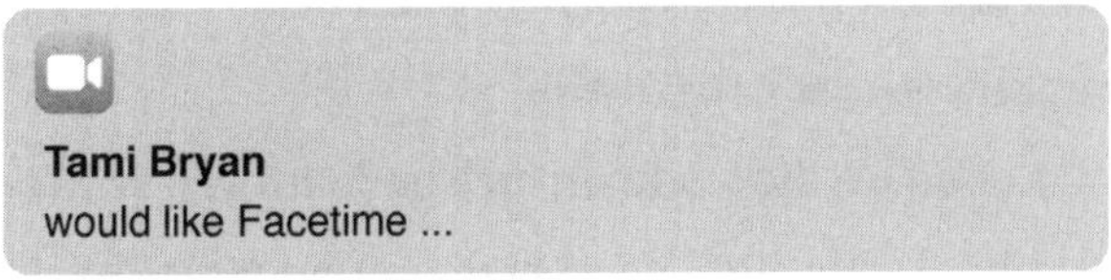

… a dwi'n gwbod.

Dwi'n gwbod, y munud dwi'n gweld o, ei bod hi hefyd yn gwbod. A dim y thing yna dwi newydd ddeud mod i'n gwbod. Ma hi'n *gwbod*. Ydy hi? OK, dwi'n conffiwsio'n hun rŵan.

Fyswn i'n gallu ignorio hi? Na fysat, ti'n gweld hi fory eniwe. Oeddach chdi am ddeud wrthi heddiw? O'n, ond fatha, on my own terms. Ti'n pussy, Robyn? Wyt? Yndw.

Dwi'n ateb. O god, dwi'n ateb. A munud ma hi'n dod ar y sgrin ma hi'n deud,

"Dwi'n gwbod."

Confirmed.

"Hei, Tami?"

"Hei, Robyn."

Dydy hi ddim yn gweiddi. Pam dwi'n meddwl bod Tami am fod yn flin am betha o hyd? Dydy o rili ddim yn deg. Ma hi'n edrych, wel, yn eitha chilled actually. Dwi'n meddwl na yn gwely ma hi. OK, ma hyn yn dda. Ella?

"Faint ti'n gwbod?"

"Dwi'n gwbod bod fy annwyl lysfrawd yn eitha cut-up am rywbeth. A dwi'n credu, o be dwi'n deall, mai ti, Robyn Lewandowski, yw y rhywbeth."

OK, o'dd o'n dick, o'dd o'n dick ond ia, dwi'n sylweddoli dwi ddim exactly efo'r moral high ground fama. So, dwi'm yn mynd i ddadla.

"O god. Ia, dwi'n meddwl na fi oedd y rwbath. Sut mae o?"

"Mae e probably'n mynd i fyw. Yr hen ego 'di cymryd tipyn o gnoc, dwi'n credu."

OK, wel, ia, ma hynna'n beth da, dydy? Surely. Hang on, na, ma hyn yn weird. Faint ma hi *actually*'n gwbod? Pam ma hi mor OK efo fi?

"Dwi'n sori, Tami."

Ma'i ffôn hi'n disgyn off y pilw neu be bynnag o'dd o'n pwyso yn ei erbyn achos ma'r sgrin yn mynd yn ddu a dwi'n clywed 'shit' muffled a chwerthin – chwerthin? – yn y cefndir. Dwi'n gweld ceiling, cornel cwpwrdd, ella; dwi 'di bod yn y stafall o'r blaen a dwi'n teimlo'n od o weird yn sbio arna fo a meddwl, a gwbod mai tŷ Llŷr ydy o. Weird.

"Aaa, mae e'n iawn, Robyn. Swno fel bod e 'di bod yn bach o dick gyda ti 'fyd. 'Na beth wedodd e, eniwei."

Wow. OK, dydy hi'm yn gwbod popeth, nadi? As in, ma hi'n gwbod ond dydy hi ddim yn gwbod gwbod.

Dwi'n cymryd, os ydy Llŷr 'di deud wrthi ei hun, fedrith o'm lladd fi rŵan am ddeud wrthi eto? Surely not. A so, dwi'n deud wrthi.

O'r dechra. Yn iawn.

A dwi'n meddwl na'r bit ma Tami yn ffeindio anodda i ddallt ydy'r ffaith mod i jyst heb fod yn onest efo hi, efo'r Pump, pan dwi 'di bod yn mynd drwy shit. O'n i'n meddwl fysa hi'n rili pissed off am y busnes efo Llŷr ond ma hi'n chill, chill iawn actually, am hynna. Dwi'm yn gwbod os oedd hi ella efo ryw syniad am Llŷr eniwe, neu bod Tami jyst mor completely cool bod 'na ddim byd yn pasio hi. Ella hynna. Probably hynna.

"Mae e'n teimlo'n weird ond mae e'n teimlo'n iawn."

Same, Tami. Same.

Dwi'n meddwl bod Facetime yn gweithio'n dda so dwi'n siarad efo Tim ac efo Cat cyn i fi fynd i gysgu. Dwi'n crio a maen nhw'n crio. Ond wedyn ma pawb yn gwbod. A ma pawb yn teimlo chydig bach yn awkward ond yn massively cefnogi fi. I suppose neith o jyst cymryd chydig bach o amser.

☹ Y Pump ☺

_ROBXN

heya bobl beautiful. so da chi gyd yn gwbo rwan. Just wanted to say diolch massive am edrych ar ol fi. chi di gora x

CAT'X

caru chdi robs x

ANIQMSD

xxx

TIMMORG

Na ti yw'r gore Robyn. Gyda llaw, fory yn yr ysgol, be ti moyn neud? Pa mor mas wyt ti moyn bod?

BRYAN_TAMI

<3

BRYAN_TAMI

tim!

Tim, ti'n amazing. A dwi'n meddwl lot am hynna wedyn. *Pa mor mas wyt ti moyn bod*? Fi sy'n ca'l dewis, ma'n debyg – wel, assuming fod 'na neb yn accidentally deud wrth rywun sy'n sôn wrth rywun sy'n… 'Nesh i'm rili cysidro fo fel'na.

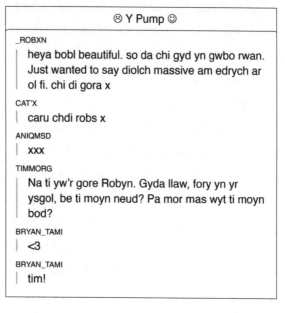

A dwi'n meddwl am Garin, a'r gic, a Llŷr, ac am ryw reswm, Ceinwen yn chwydu yng nghefn y Range Rover eto.

☹ Y Pump ☺

_ROBXN

gawni gadw fo i ni am rwan, plis? Ma gyd yn rili newydd a dwi bach *lot lot* yn overwhelmed even yn meddwl am ysgol rn. Sa fon neis trio pronouns newydd fi jyst efo chi guys <3 xx

Dydy Mam a Dad ddim yn gwbod eto chwaith, a dwi'n trio peidio meddwl gormod am hynna. I mean, maen nhw'n open minded ond, to a point, ella? Dwi jyst, ddim yn gwbod. Ond either way, fyswn i'n hêtio iddyn nhw ffeindio allan drwy rywun arall.

☹ Y Pump ☺

BRYAN_TAMI

wrth gwrs x

ANIQMSD

hyn yn swnion gall Robyn. Dani gyd yma i chdi x

TIMMORG

Dwi'n edrych mlaen i ddefnyddio pronouns newydd ti, Robyn. Gobeithio nad yw hwnna'n weird.

_ROBXN

aww dachi werth y byd i gyd. dim o gwbl tim x

CAT'X

cariad mawr <3

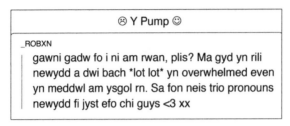

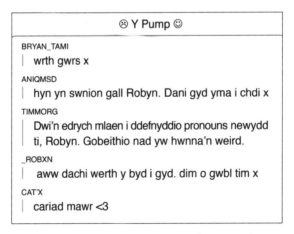

Ella 'na i aros i Aiden ddeud news fo a jyst slipio un fi fewn efo'r general ructions. Lol, who am I kidding? A dwi'n cofio Mam yn deud: "Tasat ti'n ferch i fi..."

Allith hynny aros. Aros tan ddwrnod arall. Mi fydd Aiden yn gwbod be i neud.

卌

Ma ysgol yn dod ac ma ysgol yn mynd a ma petha'n teimlo'n rhyfedd, yn rhyfedd o

ryfedd o'r un peth ag oeddan nhw o'r blaen.

Dwi'n codi ac yn stepio dros brawd fi fel dwi'n neud bob tro; mae o'n snortio chydig bach ac yn troi yn ei gwsg, ond dydy o'm yn deffro chwaith. Dwi'n bympio fewn i Mam ar y landing fel dwi 'di neud biliwns o weithia o'r blaen; hi yn ei dillad gwaith, yn sibrwd ydw i'n OK, a neith hi weld fi heno, sws ysgafn ar fy moch wrth fynd heibio. Dwi'n camu i'r gawod, yn sbio ar y to wrth i'r dŵr lifo drosta fi, ddim yn sbio i lawr, fatha *bob un dydd*.

Dwi'n rhoi'r siôl biws, honno wisgais i ar ddwrnod cynta'r flwyddyn ysgol, honno welodd Tim arna i a gofyn os mai fi o'dd mab Bobby o *Queer Eye* ac o'dd rhaid i fi esbonio nad siaced o'dd hi, ond siôl; dwi'n ei gwisgo hi am fy sgwydda ac yn gwasgu mysedd i'r defnydd melfed am eiliad wrth gau'r botyma. Wedyn mwya sydyn ma mag i ar fy ysgwydd a dwi'n mynd i lawr y grisia, a dwi'n llowcio tost a panad a dwi'n hogan. Jyst hogan un deg chwech oed ar ei ffordd i'r ysgol, ac yn tsiecio'i hun yn y drych jyst cyn gadael y tŷ fel ma hi bob bora.

Ma'i mam 'di gadael ers awr a'i thad yn ei wely, ac ma hi yn y lle sydd ddim fatha rhan o'r tŷ ond ddim fatha'r byd go iawn tu allan chwaith; ma ganddi smôcs yn ei phoced a miwsig ar ei ffôn sy'n rhoi hyder oedolyn iddi hi, ond ma 'na hogan fach ynddi hi hefyd.

Ac yna ma'i brawd mawr hi ar y grisia, yn sgwrio'r nos o'i lygid efo cefn ei law.

"Gobeithio eith hi'n iawn, Robs."

A dwi'n diolch; diolch go iawn, o'r galon, yn gynnas fatha tyweli glân.

卌

Yn Ysgol Gyfun Llwyd, ma hi fatha tasa pob dim a ffyc ol 'di newid. Ma'r BeiblLads dal yn dicks a dwi'n avoidio nhw. Dwi 'di ca'l cip o Llŷr yn skulkio rownd tu ôl iddyn nhw cwpwl o weithia. Dwi'n wyndro sut aeth petha efo Ceinwen; yn wyndro os oedd 'na unrhyw beth efo Ceinwen o gwbl, 'ta oedd o jyst for dramatic effect. Ma 'na dal exams, ma 'na dal Lynx Africa, a does 'na neb 'di dysgu sut i gerddad ar y chwith. Dal i fynd efo'r hogia pan dwi isio pis sy'n teimlo fwya weird.

Ond dwi'n sylwi mwy ar y chwerthin hefyd, a dwi'n chwerthin mwy. Am bob 'fo' sy'n jarrio, ma 'na 'hi' cyfrinachol yn teimlo'n fabulous o anghyfarwydd, yn gyfoethog, yn yforys i gyd.

'Dan ni'n clywed un pnawn, wrth dywallt allan o'r exam Daear, fod petha'n edrych yn well i Cat; y bydd hi 'nôl go iawn go iawn yn reit fuan, yn ein canol ni, y Pump, efo bob twll a chornel o'r haf hirfelyn tesog o'n blaena.

Pan dwi'n cyrradd adra nos Fawrth ma Aiden a Ffion yn y gegin. So dwi'n troi cerddi Danez Smith off a tynnu headphones fi a hei, dwi'n gwenu pan dwi'n gweld nhw achos 'dan ni'n ffrindia rŵan, cofio?

"O hei, Robyn."

Flashback flashback OK image deleted. Hei, Ffion. Ffi. Ha-ha. Neis gweld chdi'n fully clothed.

"Dach chi'n OK?" dwi'n gofyn.

Maen nhw'n edrych yn adorable. And I will be the first to admit, os 'dan nhw'n ca'l hynna drwy fyw efo'i gilydd yn y fflat tiny 'na, maen nhw'n made for each other ac o'n i'n HOLLOL rong am bob dim. Heblaw am y cerdded i fewn thing, that was not on, a dwi definitely am atgoffa nhw o hynna yn best woman speech fi. Ha!

Ar ôl i ni drafod petha neis am be 'dan ni 'di bod yn neud wythnos yma a stwff a sut ma'r exams yn mynd, Robyn, yndyn, iawn diolch, maen nhw'n sbio ar ei gilydd fatha bo' nhw'n deud, 'Deud di', 'Na, deud di!' So maen nhw'n sort of dechra deud be maen nhw isio deud yn y ffordd infuriating 'ma lle maen nhw'n gorffan brawddega ei gilydd.

"Gobeithio bo' chdi'm yn meindio 'de, ma ffrind fi…" (Ffion ydy hyn 'ŵan.)

"Ia, sori, Robs, gobeithio bo' chdi'm yn meindio bo' fi 'di deud wrth Ffion…"

(Oes rhwbath yn sacred i'r ddau yma?)

"Ond dydy o heb ddeud wrth neb arall, ti heb, naddo, Aiden?"

"Ia, naddo. Gaddo. Eniwe, y thing ydy, so ma gen Ffion…"

"… Ia, ma genna fi ffrind, Sally, a ma hi'n trans. A o'n i jyst yn meddwl…"

"… Jyst yn meddwl os ti isio, digwydd bod any time siarad efo Sally…"

"… Ma hi'n *lyfli*…"

"… Dwi'n gwbo' fysa hi'n rili hapus i neud."

A dwi'n sterio arnyn nhw a maen nhw'n edrych ar ei gilydd eto a 'dan nhw'm yn siŵr os 'dan nhw newydd neud rwbath rili da 'ta rwbath rili shit.

A dwi'n deud diolch ond dim diolch sori ta-ta.

Ma mocha fi'n llosgi wrth i fi legio hi i fyny'r grisia achos dwi'n gwbod mod i'n bod yn prat. Ond ma cyfarfod hogan trans arall, rhywun sy ella 'di mynd drwy transition a sy'n rili fel, hyderus yn lle ma hi, pwy ydy hi. Ma hynna, ma hynna bach yn sgeri.

Sally. Dwi'n trio dychmygu hi jyst wrth yr enw. Dwi'n methu. Wrth gwrs mod i'n methu. Dwi'n wyndro os na'th hi sylweddoli pan oedd hi'n ifanc, neu oedd hi fatha oed fi. Neu'n hŷn, ella?

Sally. Potential goriad fi i lot o sgyrsia dwi angen; rhywun fysa'n gallu arwain fi drwy'r adag weird weird 'ma sydd o mlaen i.

Ond ffyc. Jyst, back off mbach, world.

Dwi'n clywed Aiden a Ffion yn gadael ar ôl chydig bach a dwi'n teimlo'n shit am fod yn shit, a wedyn ar ôl chydig bach eto dwi'n ca'l tecst gan Aiden:

> Sori am jys rwan. btw ma Sally di son am y open mic thing lgbtq ma ma hi'n mynd i wsos nesa a jys deud, os ti ffnsi mynd, da ni hapus i ddod fo chdi. nai stopio wan. gwel chdi fory X

Pan dwi 'di cwlio lawr chydig bach a 'di gorwedd ar gwely, a sefyll wrth y ffenest yn edrych yn dreamy am chydig bach mwy wedyn, a symud o un i'r llall, dwi'n dechra meddwl hwyrach ella mod i angen peidio bod yn fabi am gyfarfod Sally ac ella o bosib pwy a ŵyr na fysa fo'n gallu bod y peth gora posib.

Na, *dwi'n* sori am fod n dick. Swnin lyfio mynd. caru chich dau xx

Un dwrnod dwi'n troi'n ôl at y gerdd 'nesh i ddechra pan o'n i'n ista ar hoff bench fi, yn gwylio'r pigeon ac yn aros i Llŷr jogio rownd y gornel yn hi-vis fo.

Dyma fi. Ac yn fy mhen, mae hyn yn fwy nag y bydd o byth.

Ac mi oedd o.

Yr un pnawn, ar ôl sgwennu a sgwennu a deletio a sgwennu am oria ac anghofio byta dim byd a mynd yn benysgafn a weird, dwi'n neud rwbath dwi rioed 'di neud o'r blaen, ac yn anfon y gerdd at Cat, a dwi'n anfon hi at Aniq hefyd. Wedyn dwi'n meddwl am y peth a dwi'm yn siŵr iawn pam rili, jyst mod i'n meddwl ella neith Cat ddallt, ac yn gwbod neith Aniq.

卌

Pan ma'r noson open mic yn cyrradd, mond fatha wythnos a chydig sy 'di bod ers o'n i'n neud makeup Tim ddwytha. Dwi'n meddwl ddyla fi jyst quittio bob dim a bod yn full time beautician Tim? Ella? Ma Tim 'di mynnu allith o no we fynd i noson queer heb rywfaint o glitter. Dwi 'di trio deud wrtha fo bod lot o bobl queer sy *ddim* yn gwisgo glitter ond whatever… Pam ddyla fi fygu fabulousness Tim?

"Ti'n cofio diwrnod cynta fi yn Llwyd?"

"Fatha ddoe, Tim."

"Ti'n cofio pan 'nes i ofyn i ti os o't ti'n fe neu hi?"

Wow. Throwback. Yndw. A dwi'n cofio… a dwi'n nodio.

"O't ti'n gwbod bryd hynny?"

O'n i? Doedd o ddim yn cymryd genius i wbod mod i'n licio gwisgo dillad merched, bo' makeup yn neud i fi deimlo'n sbesial. Ond, hyn? Na'th o sort of… creepio i fyny arna fi, pownsio arna fi.

"Oeddach chdi probably'n gwbod mwy amdana fi nag

o'n i'n gwbod amdana fi fy hun, Tim."

"Robyn, dwi'n *caru* ti."

"Caru chdi 'fyd, Tim."

"Byddi di wastad y person na'th neud i fi deimlo fod popeth yn mynd i fod yn OK. Dwi'n gobeithio galli di gredu fi pan dwi'n gweud – ma popeth yn mynd i fod yn OK. Dwi mor siŵr o hynna."

Paid â neud i fi grio, Tim, paid. Neu ti'n mynd heno efo winged eyeliner lot mwy ar un ochr na'r llall. Aaa, rhy hwyr eniwe! Sori, Tim.

"Galli di neud y llall yn fwy i fatsio?"

"Os ga i Tim hyg gynta."

"Dwi'n hapus â'r deal 'na, dwi'n credu. Dwi ddim yn rhoi hygs yn aml, cofia."

Ma hyg Tim fatha siôl.

7

PAN 'DAN NI'N cyrradd 'dan ni'n gwbod bo' ni yn y lle iawn achos ma 'na arwydd tu allan yn deud,

LOUD & QUEER: LGBTQ+ OPEN MIC TONIGHT

ac o dan hynna:

HENO. CROESO I **BAWB**

fel afterthought bach, chwara teg (o'dd y pun ddim rili'n cyfieithu eniwe, nag oedd?), y **BAWB** mewn coch-oren-melyn-gwyrdd, presumably cyn iddyn nhw redeg allan o lythrenna i ga'l y pride flag i gyd i fewn.

Ma'n boeth boeth tu fewn a ma 'na ogla melys, stici fatha pinafal; fatha'r haf. Dwi'n gallu gweld o leia pump person mewn drag sy'n fwy o bobl nag o'n i'n meddwl oedd yn gwbod be oedd drag, even, yn y dre yma. Class.

A ma'r holl le fatha'r Pride Parades dwi 'di gwylio gymaint ar YouTube ond fatha, yr holl egni yna 'di condensio i mewn i un stafall lawn lliw a chwerthin. Ma'n lot. Ma'n lot i gymryd i fewn.

A dwi'm yn gwbod lle i sbio.

Wedyn ma 'na rywun sy'n edrych fel tasan nhw newydd gerdded allan o Insta feed Matt Bernstein – flaming Pride flag eyebrows, dwi'n OBSESSED – yn dod atan ni a dwi'm yn gwbo' pam ond dwi'n disgwl i'r person 'ma siarad Saesnag efo fi ond be sy'n dod allan ydy fatha proper Cymraeg:

"Haia! Dach chi'n griw newydd yma, yndach?"

A bechod, ma reit obvious bo' ni'n newydd yma – we have *no* clue – a ma Aiden yn edrych fatha bod o'n meddwl bo' hyn yn rili syniad gwael a ma'n dechra neud y wynab mynd â bins allan 'na 'nesh i sôn amdano fo (r e i t). Ydan, 'dan ni'n newydd iawn yma.

"Oeddan ni i gyd yn newydd yma rywbryd! Afon dwi. Nhw. They. Them."

Ma'r llais yn gynnas. Ac – Afon… OK, dwi'n meddwl mod i newydd ffeindio'r enw gora yn y byd. Pa mor cŵl ydy hynna? Afon. Afon yn llifo a throelli a throi.

"Ma enw chi mor cŵl!" Do, 'nesh i ddeud o allan yn uchel. Robyn!

"Ma hynna fel rwbeth bysen *i'n* gweud, Robyn," ma Tim yn deud, naill ai wrth ochr fi neu yn fy mhen i.

Ond ma Afon yn chwerthin.

"Diolch," meddan nhw. "Ond, llai o'r 'chi'! 'Dan ni i gyd yn ti fama. Heblaw y queens ella. Maen nhw'n gallu bod bach yn snooty am y peth. Fedri di gredu hynna? Like, where do they think they are?" A massive eyeroll. "Hei, dwi'n lyfio'r piws."

Be ydy'r alternate reality 'ma?

"O, diolch. Caru llygid chdi hefyd! Y makeup, dwi'n feddwl. I mean, ma llygid chdi..."

Dwi'n neud absolute tit o'n hun, dydw? Ond ma Afon yn chwerthin.

"Dwi'n dallt be ti'n feddwl."

A thank god am hynny.

"Robyn dwi," dwi'n deud. A wedyn dwi'n stopio am eiliad. A wedyn...

"Hi. She. Her... Sori, dwi chydig bach..."

Ma Afon yn nodio.

"Ma hyn i *gyd* yn reit newydd, yndi? Dim jyst heno, 'lly."

Diolch diolch. Diolch. Yndi. Mae o. Dwi chydig bach yn overwhelmed. Chwys oer, yn sydyn, ar cefn fi.

"Pwy sy efo chdi 'ta?" ma Afon yn gofyn, yn sensio

mod i'm isio siarad am hyn rŵan.

"So, ma gen i ffrindia gora fi – Tim, Aniq a Cat… Oedd Tami, oedd hi'n methu dŵad eniwe… a brawd fi, Aiden, fo sy efo Ffion, yr hogan gwallt coch, a ffrind Ffion ydy —"

"Sally!"

Ma Afon a Sally'n nabod ei gilydd yn iawn.

卌

'Dan ni'n gwylio drag queens yn mynd drwy'r rwtîns, a hen gwpwls yn canu karaoke, a pobl sy ddim yn hogia na genod yn darllen cerddi ac yn neud standup a un hogan efo gwallt byr spiky gwyrdd sy'n chwara darn beautiful ar y cello gan Tchaikovsky – pwy o'dd yn gwbod bod Tchaikovsky yn queer icon? U're welcome. Hefyd pwy sy'n dod â cello i noson open mic? What dedication!

Ac er bod rhai o'r perfformiada yn eitha awful, ac er bo' ni'n ca'l gigls ar adega er bo' ni'n teimlo'n ddrwg am neud ac yn gorfod peidio neud eye contact efo'n gilydd, mae o

mae o jyst mor *joyful*.

Mor llawen.

Ma'r lle 'ma'n llawn llawenydd a dwi'n llawn llawenydd.

卌

Ella na gormod o'r coctels ma Ffion yn smyglo i fi sy'n neud i fi neud o, neu ella bod 'na jyst rwbath yn yr aer, ond pan ma'r papur yn dod rownd i roi enwa lawr ar gyfer ail hanner y noson dwi'n meddwl ffyc it, a cyn mod i'n gallu ca'l regrets dwi'n seinio bywyd fi i ffwrdd i ddarllen cerdd fi. A'r munud ma Afon yn pasio'r papur mlaen i'r grŵp nesa dwi'n meddwl bod hyn surely yn god awful idea a be dwi'n neud be dwi'n neud be dwi'n neud.

Mwy o goctels – dim cliw be sy ynddyn nhw ond maen nhw'n blasu fatha pure glucose – a dwi'n cêrio llai; ond dwi dal bron yn shitio'n hun pan ma'r compère sparkly efo'r llais melfed yn deud enw fi.

Aaa! Here goes, something? Nothing? Everything?

"Gw on, Robs, byddi di'n class."

"Rho hel iddyn nhw, Robyn."

Ma Afon yn gwasgu mraich i wrth i fi basio.

Notes ffôn fi ar agor. Dwylo fi'n chwysu'n disgysting. Stwffio rhwng cadeiria pobl. Angen help llaw i fyny i'r stêj achos mod i 'di mynd i fyny o'r ochr rong a obviously ma 'na steps yr ochr arall.

Dwi'n cymryd yr anadl fwya dwi rioed 'di cymryd ac yn camu mlaen at y mic. Ma'n neud un o'r squeaks horrendous 'na a ma 'na nervous laugh bach yn mynd rownd pawb a ma ngwynab i'n boeth boeth a…

"Haia… haia pawb."

Clapio, chwibanu. Party popper? What the…? Focus.

"Ia, so, enw fi ydy Robyn."

Ma Tim yn gweiddi,

"Go, ROBYN!"

a ma pobl yn clapio a chwerthin eto.

"Diolch, Tim. Ia, Robyn dwi, a dwi'n sgwennu bach o poetry ond dwi rioed 'di rili darllen o allan na dangos o i neb so… so dwi'm yn gwbod os ydy o'n dda neu be ond…"

"Ti'n fflipin CLASS!"

"Diolch eto, Tim. So ia, dwi 'di dod allan i chydig o bobl wsnos yma, ac I suppose, heno, dwi'n dod allan i chi i gyd yn fama, sy'n weird a cysidro dwi'm yn nabod neb ohonach chi. Ond ma'r noson 'ma'n class, by the way a…"

Pawb yn gweiddi rŵan. Tim yn gweiddi rwbath eto, yn uwch na pawb arall.

"… a dwi jyst isio deud diolch massive am neud i hogan queer, sixteen, ga'l noson yn ganol pobl erill sy'n… sy'n dallt."

Maen nhw'n clapio eto. Dwi angen stopio malu cachu a dechra darllen cerdd fi.

"Anyway, here's a poem I wrote about… stuff."

You can do this, Robyn. You can fuckin do it.
A dwi…
Dwi'n casáu llais fi.

Dyma fi.

Ma'r geiria'n dechra dod allan, yn tymblo allan dros ei gilydd a dwi'n agor llygid fi a dwi'n stopio. A dwi'n deud y llinell gynta eto ond dwi'n newid hi chydig bach, sut dwi'n deud o, 'lly.

Dyma FI.
Dyma fi.
Dyma fi o'ch blaena chi i gyd, bob un ohonach chi,
dyma fi'n sefyll yn fan hyn heddiw,
heddiw'r pedwerydd o Fehefin,
y pedwerydd dydd o'r chweched mis yn yr unfed
flwyddyn ar bymtheg
o mywyd.
Does dim rhaid i chi gofio'r dyddiad

a dwi'n sbio rownd, a ma pobl yn sbio'n ôl. A maen nhw'n dawel. Even y pump drag queen pissed.

ond mi fydda i.

A wedyn dwi'n dal llygid Tami. Tami! 'Nest ti ddŵad! Ma hi'n gwenu a ma hi'n gweiddi,

"Gw on, Robyn!"

A maen nhw i gyd yna; y bobl styning 'na sy'n cadw fi'n un darn. Tim ofalgar efo'i fraich rownd Aniq, yr un all gadw dy gyfrinach fel ei chyfrinach hi ei hun; Cat, yn edrych yn flinedig ond yn disgleirio fel all neb ond hi, yn pwyso ar gefn cadair olwyn Tami, sy'n haeddu gwell na fi fel ffrind ond sy'n sticio efo fi – ac Aiden a Ffion, sy'n methu cloi drysa ond sy'n class eniwe. Lle fyswn i hebddyn nhw? Nid fama. Ma nghalon i'n llawn a dwi isio sbio arnyn nhw am byth.

Dyma fi.
Pob modfedd ohona i, pob cell amherffaith,
pob atom rhyfedd o'r hyn a osodwyd arnaf,
y fendith a'r felltith a roddwyd
ar ffurf cyhyr a chorff, i mi.
Does dim rhaid i chi gofio'r dyddiad.
Ond mi fydda i.

Dyma fi.
Ac yn fy mhen, mae hyn yn fwy nag y bydd o byth;

mae o'n fwy nag y bydd o erbyn fory, pan fydd hanes
    rhywun arall
yn llenwi'r lle.
Dyma fi'n gwneud fy hun yn fach, dyma fi'n
troi o'r galon, o'r canol, am allan ac yn agor,
yn dychmygu adenydd yn rhwygo o'r cnawd
a'r hedfan mor hardd…

Dyma fi.
A dyma'r gyffes, o'i dweud yn blaen, a'i rhoi
fel y mae, yn ffeithiau twt. Mi gewch chi rwygo'r siôl
a thynnu'r gwallt ac anelu'r gic fel y mynnwch
ond dyma fy ngwirionedd.
Mi gewch chi drio dallt, mi gewch chi ddewis peidio…
fy ngwirionedd perffaith fy hun.

Mi gewch chi regi, mi gewch chi daeru'r ffaith,
mi gewch chi agor craith, ond dyma fo,
fy ngwirionedd perffaith fy hun.

Dyma fi. Yr un un, ond yn wahanol.
A dyna'r oll.

Dyma restr o wefannau allai fod o gymorth.

Meddwl: meddwl.org

Mind: mind.org.uk

Meic Cymru: meiccymru.org

Shout: giveusashout.org

The Mix: themix.org.uk

YoungMinds: youngminds.org.uk

Diverse Cymru: www.diversecymru.org.uk

TransAid Cymru: transaid.cymru

Mermaids: mermaidsuk.org.uk

Paned o Ge: paned-o-ge.wales

Stonewall Cymru: stonewallcymru.org.uk

Aubergine Cafe Cymru: auberginecafe.co.uk

Tim
Y PUMP
ELGAN RHYS
gyda TOMOS JONES

Tami
Y PUMP
MARED ROBERTS
gyda CERI-ANNE GATEHOUSE

Aniq
Y PUMP
MARGED ELEN WILIAM
gyda MAHUM UMER

Cat
Y PUMP
MEGAN ANGHARAD HUNTER
gyda MAISIE AWEN